En el bosque

Robin Stevenson

Traducido por
Eva Quintana Crelis

orca soundings

ORCA BOOK PUBLISHERS

Para mi abuela, Mormor, con amor.

D.R. © 2009 Robin Stevenson

Derechos reservados. Prohibida la reproducción o transmisión total o parcial de esta obra por cualquier medio o método, o en cualquier forma electrónica o mecánica, incluso fotocopia o sistema para recuperar información, conocido o por conocerse, sin permiso escrito del editor.

Catalogación para publicación de la Biblioteca y Archivos Canadá

Stevenson, Robin, 1968-
[In the woods. Spanish]
En el bosque / Robin Stevenson.

(Orca soundings)
Translation of: In the woods.
Issued also in electronic formats.
ISBN 978-1-4598-0184-4

I. Title. II. Title: In the woods. Spanish. III. Series: Orca soundings
PS8637.T487156518 2012   C813'.6   C2011-907853-8

Publicado originalmente en los Estados Unidos, 2012
Número de control de la Biblioteca del Congreso: 2011943737

Sinopsis: Cuando Cameron encuentra un bebé abandonado en el bosque, trata de descubrir si su hermana podría ser la madre.

*La editorial Orca Book Publishers está comprometida
con la preservación del medio ambiente y ha impreso este libro en papel certificado
por el Consejo para la Administración Forestal®.*

Orca Book Publishers agradece el apoyo para sus programas editoriales proveído por los siguientes organismos: el Gobierno de Canadá a través de Fondo Canadiense del Libro y el Consejo Canadiense de las Artes, y la Provincia de Columbia Británica a través del Consejo de las Artes de Columbia Británica y el Crédito Fiscal para la Publicación de Libros.

Imagen de portada de Getty Images

ORCA BOOK PUBLISHERS	ORCA BOOK PUBLISHERS
PO Box 5626, Stn. B	PO Box 468
Victoria, BC Canada	Custer, WA USA
V8R 6S4	98240-0468

www.orcabook.com
Impreso y encuadernado en Canadá.

15 14 13 12 • 4 3 2 1

Capítulo uno

Cuando suena el teléfono, estoy en la sala viendo la TV.

—¿Bueno?

Trato de sonar muy despreocupado por las dudas de que sea esa chica de mi escuela, Audrey, porque la verdad es que me tiene loco. Además, resulta que justo hoy me pidió mi número de teléfono. Sí, claro, sólo porque no le quedó otra que ser mi compañera para un proyecto de ciencias sociales, pero de todas formas...

—¿Cameron? Soy Katie.

No es Audrey. Es mi hermana. Mi hermana melliza, aunque en general a la gente le cuesta mucho creerlo.

—Mamá no ha llegado —le digo, dejándome caer en el sofá.

—Ya sé. Quería hablar contigo.

¿Conmigo? ¿Desde cuándo Katie quiere hablar conmigo, sin que nadie la obligue?

—Mira —le digo—, la verdad es que medio estoy esperando una llamada.

—Ah. Bueno, está bien. Este... entonces supongo que mejor no te molesto más.

Estoy a punto de colgar, pero algo me detiene. Algo en su voz.

—¿Dónde estás? —le pregunto—. ¿Está todo bien?

Hago una mueca. En el universo de Katie, lo único malo que puede pasar es sacar una A menos en lugar de una A o ganar el segundo lugar en una competencia de natación en lugar de llegar primera. Mi hermana es la Srta. Talentosa y Superdotada. La Srta. Triunfo Seguro.

Katie lanza una risa rara y sin gracia.

—Estoy bien.

Me enderezo en el asiento.

—No suenas muy bien —le digo. Hay un largo silencio y me empiezo a poner nervioso—. ¿Katie? ¿Sigues ahí? ¿Qué pasa?

—Es sólo que…

Puedo oír que respira muy hondo, casi como si le costara trabajo. Otro silencio más. Estoy a punto de decir algo cuando ella se aclara la garganta y habla con voz casi normal.

—Necesito que hagas algo por mí, ¿está bien?

—¿Qué?

—Este... ¿te acuerdas del sendero alrededor del lago?

—Claro —respondo. Algunos chicos de la escuela pasan el rato por ahí, pero yo no he ido en siglos. No desde el verano pasado. En agosto fui con unos chicos del equipo de futbol, tomamos cerveza, comimos hamburguesas a la parrilla y nadamos en el lago—. ¿Qué tiene?

—¿Podrías ir?

—¿Cómo? ¿Ahora?

Cuando éramos niños, íbamos a menudo de día de campo con mamá y con Brian el pervertido, pero no creo que vayamos a hacer ahora un paseo nostálgico por el pasado. Jamás hablamos de ese periodo. Además, Katie y yo no pasamos tiempo juntos. No es que no nos caigamos bien; es sólo que somos muy diferentes.

—Sí. Ahora.

En el bosque

—¿Por qué? —le pregunto.

Hay un largo silencio, como si no se le hubiera ocurrido que yo pudiera pedirle una razón.

—De todas formas, no puedo —le digo—. No tengo auto, ¿recuerdas?

—Llévate el de mamá.

Lanzo un resoplido.

—Eso sí que saldría bien.

El año pasado choqué. No fue mi culpa, el otro conductor frenó de golpe justo frente a mí, pero mamá gruñó algo acerca de la distancia segura entre los automóviles, como si eso fuera posible en el tráfico de hora pico. Me dijo que tenía prohibido usar su auto. Es una peste. Claro que ese tipo de cosas nunca le pasan a Katie. Ella tiene permiso de usar el auto de mamá cuando quiera.

Aunque claro que no lo necesita. Mamá le compró un auto hace un par de meses. ¿Y a mí? A mí me dio una bici nueva.

—Cameron —dice con voz impaciente—, por favor.

—Mamá se llevó el auto al trabajo, así que no podría hacerlo aunque quisiera. Y no es el caso. Además, ¿cuál es el problema? ¿Qué está pasando en el lago?

—Podrías ir en tu bici —dice Katie—. No es tan lejos.

Lanzo otro bufido. Es una buena media hora en bicicleta, como mínimo, y eso si vas rápido.

—¿Cameron?

—Ajá —digo. Hay algo muy raro en todo esto. Katie no es de las chicas que se inventan dramas y misterios enormes por cualquier cosa. En general es súper sensata. Tal vez le ha dado una especie de crisis psicótica por estudiar demasiado—. Dime por qué y puede ser que lo considere —le digo. O tal vez no. Audrey podría llamarme. Podría estar tratando de llamar en este mismo instante.

Me levanto y echo un vistazo por la ventana—. Está empezando a llover.

—¿En serio? —dice Katie con la voz entrecortada. Suena como si estuviera a punto de llorar—. Oh, Dios mío… ¿por favor? Cameron, te prometo que nunca más te voy a pedir que hagas nada. Jamás. ¿Harías esto por mí?

Miro al otro lado de la habitación y me encuentro con mi reflejo en el espejo del pasillo. No sé por qué, pero estoy asintiendo con la cabeza. Tal parece que una parte de mí ya ha decidido hacer esta locura por ella. Pues bueno. De todas formas no me haría mal un poco de ejercicio y además tengo una bici de montaña nueva que apenas he usado.

—Está bien, está bien. Iré.

—No se lo cuentes a nadie —me dice.

Después cuelga y me quedo preguntándome qué es exactamente lo que acepté hacer.

Capítulo dos

Garabateo una nota para mamá: *Salí a dar una vuelta en bici. Regreso antes de las seis*. Es mayo y no hace tanto frío, pero cuando andas en bici y está lloviendo, te puedes helar. Tengo puesta una camiseta y un suéter ligero debajo de mi chaqueta para ciclismo, pero olvidé ponerme guantes. Para cuando llego a la autopista, mis dedos están congelados y prácticamente se han pegado al manubrio. *Condenada Katie*, pienso. Ni siquiera sé qué es lo que se supone que debo hacer cuando llegue al lago: ¿darle la vuelta y volver a casa? No puedo creer que haya aceptado hacer esto.

El viento sopla con fuerza por la autopista, contra mí. Bajo la cabeza y pedaleo más rápido. Es la historia de mi vida: siempre tengo el viento en mi contra, pero a Katie siempre la empuja desde atrás. Mientras que ella se saca las mejores notas y aplica a varias universidades para el otoño, a mí me va mal en casi todas las materias. Los maestros, asesores y asistentes de enseñanza lo llaman un "problema de aprendizaje". Yo lo llamo ser un desastre.

Un camión pasa zumbando a mi lado y levanta una sábana de agua sucia que me da a mí. Le hago un gesto grosero con la mano al chofer.

Condenada Katie, pienso de nuevo. Me duelen los dedos por el frío. Tengo ganas de darme la vuelta y volver a casa, pero por alguna razón (terquedad, tal vez, o curiosidad) no lo hago. Tomo la salida hacia el lago y pienso en las veces que vinimos cuando éramos niños. Estábamos en cuarto grado. Fue un año después de que mamá y papá se separaran; mamá estaba saliendo entonces con Brian el pervertido. En aquel tiempo claro que no lo llamábamos así. Fue su primer novio después del divorcio. Mamá dijo que en parte se enamoró de él porque era *simplemente genial* con nosotros. Ja y más ja.

No es que alguna vez haya intentado hacerme algo a mí.

Entro al estacionamiento vacío y me deslizo hasta detenerme. El auto de Katie no está aquí. Me encorvo un poco y me pregunto de nuevo qué es exactamente lo que Katie espera que haga ahora.

Aunque Brian el pervertido salió de nuestras vidas hace años, todavía pienso en él cada vez que vengo al lago o paso en bici por donde él vivía. Aunque yo sólo era un niño en aquella época, me siento un poco culpable por no haber sabido lo que le estaba haciendo a Katie. Finalmente Katie se lo contó a una amiga de la escuela que se lo dijo a su mamá; la mamá llamó a servicios sociales y todo se destapó. Al principio mamá no lo creía. En realidad nunca acusó a Katie de mentir o de arruinarle la vida, pero así es como se lo tomó Katie. Todos tuvimos que ir al psicólogo y Brian el pervertido se fue. De alguna manera todo se difuminó y la vida volvió a la normalidad.

Es muy raro que Katie me haya pedido que viniera. No creo que ella haya vuelto aquí desde aquella época de días de campo. En cualquier caso, no es una chica fiestera. Tiene amigos, pero no es exageradamente sociable. El equipo de natación de la escuela era lo principal para ella, pero lo dejó en enero. Necesitaba más tiempo para estudiar, dijo. Sí, claro. Katie se podría sacar A en todo sin siquiera abrir un libro.

Me pregunto si Katie estaba aquí cuando me llamó y, si así fue, por qué no se quedó. Nada de esto tiene sentido, pero ya que vine hasta aquí, pienso que lo mejor es que le dé una vuelta completa al lago antes de regresar a casa. Atravieso el estacionamiento de grava en la bici y entro al sendero de tierra rojiza. Los altos árboles se levantan muy verdes y brillantes por el agua y sus ramas se marcan muy oscuras contra el cielo gris; el aire huele a tierra y a lluvia. Puedo ver el lago más adelante, tan plano y gris como el cielo que lo cubre. Bajo la velocidad al pasar por la zona de picnic. Es un amplio espacio de césped con una playa lodosa, media docena de mesas marcadas con grafiti y un baño público que siempre está cerrado con llave.

En aquella fiesta en agosto pasado, Audrey y yo tuvimos una conversación súper intensa en una de esas mesas y yo pensé que tal vez podría pasar algo entre nosotros. Pero no pasó nada. Fui demasiado cobarde para intentarlo. No sabía si ella estaría interesada y no quería arriesgarme a parecer un idiota. Esa noche nos acostamos sobre la mesa y miramos las estrellas y hablamos por horas, sobre la gente y sobre cómo estamos todos conectados y sobre el significado de la vida y todo eso, y yo de verdad sentí que nunca antes nadie me había entendido como ella. Y entonces sus amigas le gritaron que ya se iban y se fue con ellas. Cuando empezaron las clases en septiembre, los dos hicimos como si la conversación no hubiera ocurrido.

Tal vez cuando se le pasó la borrachera se sintió aliviada de no haber cometido el error de meterse conmigo. No lo sé. Pero el caso es que para octubre ya estaba saliendo con Dexter Harris, que es uno de esos chicos súper buena onda que es amigo de todo el mundo. Hasta yo tuve que admitir que era un buen tipo, a pesar de que había aniquilado toda esperanza de que yo anduviera con Audrey. Eso fue hace ocho meses y, hasta donde sé, siguen juntos.

Audrey y yo no hemos hablado realmente desde aquella noche en el lago. Aunque me llame, sé que sólo será para trabajar en nuestro proyecto… De todas formas una parte estúpida de mí piensa que, si pasamos un poco de tiempo juntos, tal vez recuerde lo bien que nos entendimos aquella noche. Patético y completamente estúpido: así soy yo.

En el bosque

Entro al bosque en bici y se hace un repentino silencio, porque los árboles amortiguan el *plip plop* de la lluvia en el lago, convirtiéndolo en un suave y susurrante repiqueteo casi melodioso. Y entonces, por encima de la lluvia musical, o tal vez entretejiéndose con ella como si fuera una parte más de la melodía, escucho algo más: un sonido leve y lejano. Me toma un minuto darme cuenta de lo que es, porque está totalmente fuera de lugar y no hay nadie cerca y no tiene ningún sentido. Pero mientras escucho se vuelve más fuerte y más claro, hasta que no me queda ninguna duda.

Es un llanto.

Capítulo tres

Me bajo de la bici y la apoyo contra un árbol. Luego me quedo parado en silencio, tratando de descubrir de dónde proviene el sonido. No termino de saberlo. No es fuerte, de hecho casi no puedo oírlo, pero de alguna manera suena cercano. Salgo del sendero y me hundo hasta el tobillo en una mezcla de tierra y hojas caídas, y siento que su humedad me roba de los pies helados hasta el último rastro de calor.

—¿Hola? —grito. Mi voz resuena en la quietud del bosque—. ¿Hola? —digo de nuevo, más fuerte esta vez. Estoy hablando solo, tratando de tranquilizarme un poco.

No funciona. Todavía puedo oír el llanto.

Doy otro paso en el bosque. Por un segundo me pregunto si podría ser Katie la que está haciendo ese sonido, si podría estar escondida detrás de los árboles, esperando a que esté completamente aterrado antes de salir de un salto, riéndose a carcajadas. Pero no lo creo. Las bromas pesadas no son lo suyo. Nunca ha sido una gran bromista.

Tal vez sea un animal herido. ¿Habrá gente que ponga trampas por aquí? Podría ser un puma o... no sé. Un mapache. ¿Podría sonar así un mapache? ¿Tan... humano? Siento una punzada en la base de la columna y mi estómago se retuerce hasta formar un gran nudo.

No seas tan estúpido, me digo en un susurro. *Contrólate.*

Doy un paso más y una rama se rompe con un fuerte ruido bajo mi pie. Estoy tan tenso que por poco me mojo los pantalones. El llanto ha parado y lo único que escucho es la lluvia. *Condenada Katie.* Aquí no hay nada: sólo yo y mi hiperactiva imaginación.

Estoy a punto de regresar al sendero, de volver a mi bici y salir de aquí, cuando algo me llama la atención. Un brillo, un color, algo que no pertenece a este lugar de verdes y marrones apagados. Un destello de azul. Algo que sobresale de detrás de un árbol. Me muevo en esa dirección, rodeo el árbol, me agacho. Es un fardo de mantas. Levanto la primera capa con mucho cuidado y ahí está. No es un mapache ni un puma ni nada que pertenezca al bosque.

Es un bebé.

Un condenado *bebé*.

Es diminuto, un recién nacido, supongo. Tiene los ojos cerrados y sangre en la cara, y por un momento pienso que está muerto. Entonces recuerdo el llanto y medio lo empujo, le toco el pecho con suavidad y sus ojos se entreabren por un instante. Me inclino más cerca y puedo ver que está respirando.

Mierda.

¿Y ahora qué se supone que debo hacer?

Cargo al bebé con todo y mantas y empiezo a pedir ayuda a gritos. Grito con todas mis fuerzas durante un par de minutos hasta que me doy cuenta de que de verdad no hay nadie más en el bosque y de que tengo el teléfono celular en el bolsillo. Abro el cierre con torpeza y con una sola mano, porque no quiero dejar al bebé en el suelo, cosa que es estúpida, pues obviamente ya ha estado ahí acostado un rato, pero la verdad es que no me parece que esté bien dejarlo en la tierra. De algún modo logro llamar al número de emergencias. Estoy esperando que contesten, esperando para decir que estoy en el lago, que he encontrado un bebé recién nacido y que por favor me manden una maldita ambulancia, algo así como *ahora mismo*, pero en lugar de eso mi teléfono me manda un pequeño mensaje de batería baja y se apaga.

Demonios.

Me quedo simplemente ahí parado por un minuto. La verdad es que estoy a punto de llorar y no se me ocurre qué hacer. Entonces el bebé lanza un gritito y me pregunto cuánto tiempo llevará aquí. El estacionamiento no está muy lejos, pero ahí no había nadie y caminando me tardaría al menos media hora en llegar a la carretera y hacerle una señal a un auto. ¿Y si es demasiado tiempo? Dios mío, ¿y si este niño se muere mientras lo tengo en brazos? ¿Y si llego a la carretera con un bebé muerto? Caminar no es una opción, pero lo más probable es que andar en bici con un bebé recién nacido en brazos no se considere muy sensato. Por otro lado, tampoco es sensato dejar que un bebé se muera de frío.

Pongo al bebé en el suelo con sus mantas y me saco la chaqueta y el suéter. Después recojo la bola de mantas y la envuelvo muy bien con el suéter. Anudo un lado del suéter para que el bebé no pueda caerse y armo una especie de cabestrillo, haciendo un nudo con las dos mangas y colgándolo todo de mi cuello, de modo que el bebé quede contra mi pecho. Entonces me pongo la chaqueta. Subo el cierre con dificultades y el bebé queda muy bien sostenido. Eso espero.

Me subo a la bici con mucho cuidado. Al mirar hacia abajo puedo ver su coronilla. Entonces recuerdo que perdemos la mayor parte del calor por la cabeza, así que estiro un poco el suéter y la cubro. Unos dos segundos después, me asusto al pensar que lo estoy sofocando y vuelvo a destaparle la cabeza.

No tengo ni la más remota idea de lo que estoy haciendo. Nunca antes había cargado a un niño. Definitivamente no es un primer contacto ideal con un bebé.

—No te atrevas a morirte —le digo—. Si te mueres, me vas a dejar cicatrices emocionales de por vida. No quieres que eso pase, ¿verdad?

El bebé no contesta.

—Es en serio —le digo. Empiezo a pedalear tan rápido como me atrevo—. Mira, estoy tratando de ayudarte. Voy a conseguir ayuda. Te voy a llevar a un hospital, donde vas a estar abrigado y te van a dar… no sé… leche. Te van a dar leche. Te va a gustar, en serio, así que sólo aguanta… —sigo diciéndole. Estoy divagando. No lo puedo evitar y además me caen lágrimas por la cara—. Estoy haciendo mi mejor esfuerzo, ¿está bien? No te mueras, no te atrevas a morirte. Estoy haciendo mi mejor esfuerzo.

Sólo por una vez, pienso, *por favor por favor por favor, que mi mejor esfuerzo sea suficiente.*

Capítulo cuatro

El camino hacia la carretera sólo toma unos pocos minutos, pero se siente como una eternidad. Parece como si el bebé estuviera respirando bien, pero sus labios se ven un poco azulados. Puedo ver las vibraciones de los latidos de su corazón en su coronilla y no sé si sea normal. Quiero decir, ¿no se supone que el cráneo cubre las partes suaves?

Es de lo más raro, pero a la vez es tranquilizador ver que obviamente todavía está vivo.

Me bajo de la bicicleta y me paro a un lado de la carretera. No hay edificios ni nada, sólo campos vacíos a los dos lados, extendiéndose hasta la autopista. El primer auto que trato de detener con una seña sigue su camino sin hacerme caso y me doy cuenta de que el conductor debe haber pensado que estaba pidiendo aventón. Cuando el siguiente auto baja la velocidad y se detiene, me adelanto a toda prisa con el corazón latiendo con fuerza, pero la mujer detrás del volante me mira con suspicacia y se va. Me quedo ahí parado, gritándole furioso bajo la lluvia. Nunca antes, en toda mi vida, me había sentido tan increíblemente impotente.

Tal vez debería sacar al bebé del interior de la chaqueta y sostenerlo frente a mí.

Por un minuto el tráfico se adormece y no pasa ningún auto. Me pregunto si no debería andar en la bici hasta la autopista, pero allá sería todavía más difícil que la gente se detuviera. No hay espacio donde parar. Grito muy alto un par de maldiciones y después me siento mal de que el bebé las oiga. No es que pueda entenderlas, pero de todas formas no me parece bien que las primeras palabras que este niño escuche sean justo esas.

—Perdón, chiquitín —le digo—. Lo que pasa es que estoy un poco preocupado, ¿sabes?, un poco tenso porque tengo que conseguir ayuda. Tú sólo aguanta. La vida va a mejorar, en serio. Sólo tienes que resistir y vas a poder hacer todo tipo de cosas divertidas. Vas a comer duraznos y a nadar durante el verano, vas a aprender a andar en triciclo y tal vez algún día hasta beses a una chica. Pero no creas que sé de eso.

En el bosque

Y entonces un auto pequeño aparece sobre la colina y baja la velocidad. La conductora es una mujer y pienso por un segundo que lo más probable es que mi aspecto sea demasiado loco y desesperado como para que alguien confíe en mí, pero ella se hace a un lado del camino y se detiene. Esta vez no cometo el error de correr. En lugar de eso, abro el cierre de mi chaqueta y señalo al bebé.

—Lo encontré en el bosque. ¿Podría llamar a una ambulancia?

—¿Qué es…? ¡Oh, Dios mío! ¿Un bebé? ¿Lo encontraste en el bosque?

Por un segundo pienso en Hansel y Gretel y en los niños abandonados de los cuentos infantiles que mamá nos leía cuando éramos niños.

—Sí, cerca del lago. ¿Podría por favor…?

Entonces la mujer señala el asiento del pasajero.

—Súbete. Será más rápido.

Me subo al auto.

—¿Puedo ver al bebé? —me dice la mujer y me mira. Es de mediana edad, una señora regordeta con canoso cabello oscuro, grandes manos morenas y voz resuelta—. Me llamo Lainey. Soy enfermera.

—Este... soy Cameron —digo. Trato de desenredar el cabestrillo que hice con el suéter, pero no puedo y al final lo paso por encima de mi cabeza. El bebé no pesa nada—. Todavía está vivo —digo como un idiota.

Ella sólo asiente y toma al bebé.

—Muy bien.

—Este... como que podía ver los latidos de su corazón. En su cabeza, como que... ¿en la parte de arriba? —Señalo el lugar exacto—. ¿Está bien que eso pase?

—Oh, sí. Es normal. En un bebé, el cráneo no ha terminado de cerrarse. Espera un segundo —dice. Está contando, estudiando el pulso y la respiración del bebé—. Bueno, sostenlo contra tu pecho y dale calor. Cinco minutos hasta el hospital.

Maneja rápido hacia la autopista, pero no a toda velocidad.

—El cráneo no puede cerrarse antes del nacimiento. Tiene que contraerse un poco para que el bebé atraviese el canal del parto.

Hasta este momento, no había pensado en nada que no fuera el bebé y en llevarlo al hospital, pero el comentario sobre el parto me hace pensar en que alguien… alguna chica, alguna mujer, tuvo a este bebé y lo dejó en el bosque.

—No entiendo cómo alguien pudo haber hecho esto —digo al fin—. Dejar ahí a un bebé de esa manera.

—¿No sabes de quién es?

—No. Dios mío. Esto es lo más… lo más enfermo que he visto en mi vida —respondo. Volteo y veo la cabeza del bebé—. Podría haber muerto.

—Mmm. Sin duda. ¿Cómo lo encontraste?

Tiene los ojos en la carretera y las manos firmes sobre el volante mientras toma la salida hacia el hospital.

—Yo sólo estaba paseando en mi bici cuando escuché un llanto —digo. Y entonces pienso en Katie, mandándome en esta misión enloquecida. ¿Habrá sido una rarísima coincidencia o será el bebé la razón de que quisiera que fuera al lago? ¿Cómo demonios podía saber del bebé? Ayudar a alguien a ocultar un bebé... no lo creo. Recuerdo a sus dos mejores amigas y pienso en una primero y después en la otra: Nikki, estrella del equipo de natación, ganadora del récord de estilo libre, a punto de irse a Ottawa en el otoño a estudiar periodismo; Luba, que entrena al equipo *junior* de natación y trabaja con niños discapacitados por las tardes, y que aun así se las arregla para tener las mismas calificaciones que Katie. Pero ninguna de ellas estaba embarazada. No hay manera. Aun si hubieran tratado de ocultarlo, parece completamente imposible. Quiero decir, andan por ahí en traje de baño casi todos los días.

Y entonces mi estómago da un vuelco: Katie abandonó al equipo de natación hace cuatro meses.

—¿Estás seguro de que no sabes de quién podrá ser? —me pregunta otra vez Lainey. Su voz es tranquila, ligera, pero no hay nada ligero en la pregunta.

Me saco esa idea de la cabeza. De todas formas es una locura. Katie no estaba embarazada. Yo lo habría sabido. Ni siquiera ha tenido novio, al menos ninguno en serio. Además, no es del tipo de persona que abandonaría a un bebé. Katie es súper responsable.

Miro a Lainey y sacudo la cabeza.

—No tengo ni la menor idea.

Capítulo cinco

La sala de emergencias está llena. En lugar de ponerse en la fila para la recepción, Lainey simplemente toma al bebé de mis brazos y camina hasta el mostrador. Yo me quedo atrás. El bebé es entregado a un hombre bajo en uniforme verde que desaparece por el pasillo. Más que ninguna otra cosa, me siento aliviado de que alguien más esté a cargo, pero no estoy seguro de qué hacer ahora. Quisiera saber que el bebé está bien antes de irme.

Entonces me doy cuenta de que dejé mi bici a un lado de la carretera. Mi bici nueva. Mierda. ¿Habrá alguna posibilidad de que siga ahí? Supongo que eso es tan probable como encontrar un bebé en el bosque.

Le echo una ojeada a mi reloj. Las seis. ¡Ay! Debería llamar a mamá.

O tal vez debería llamar a Katie y preguntarle de quién demonios es este bebé.

Busco a Lainey con la mirada y la veo hablando con una mujer junto a la recepción. Entonces las dos empiezan a caminar hacia mí y me doy cuenta de que tal vez esto no ha terminado todavía.

—¿Cameron? —dice Lainey con una sonrisa y de repente me pongo nervioso. Cosa que es estúpida, porque yo no he hecho nada malo—. Cameron, te presento a Nancy. Es la trabajadora social de la sala de emergencias.

Nancy extiende la mano y yo la estrecho con torpeza. Nancy me parece un nombre de persona muy mayor, pero ella tiene unos treinta años como máximo, es de piel clara y tiene el cabello oscuro casi rapado de un lado, mientras que por el otro le cae sobre los ojos. Demasiados aretes como para contarlos, además de un *piercing* en una ceja y otro en la nariz.

—¿Podrías venir a mi oficina para hablar unos minutos, Cameron? Necesito hacerte unas cuantas preguntas, asegurarme de que tenemos toda la información.

Me encojo de hombros.

—Supongo que sí, pero tendría que llamar a mi mamá. Seguramente se está preguntando dónde estoy.

—Avísale que te vas a tardar un poco —dice Nancy—. La Policía también va a querer una declaración.

—Este… ¿la Policía? —digo. Tal vez no voy a llamar a mamá enseguida. Sigo a Nancy por el pasillo y entramos a una pequeña oficina alfombrada.

Cierra la puerta detrás de mí. *Clic.*

No he hecho nada malo, me digo a mí mismo. *Así que no tengo por qué sentirme atrapado. No tengo por qué asustarme.*

—La Policía va a tener que investigar —dice Nancy, sentándose—. Van a querer encontrar a la madre si es posible.

Me quedo de pie. Hay un largo silencio. Creo que los silencios son una especie de truco de los psicólogos. Lo recuerdo de la época en que íbamos como familia a ver a ese terapeuta en el centro de salud mental infantil.

—Yo sólo estaba paseando en mi bici. Y escuché un ruido. Un llanto —le digo y me encojo de hombros—. Supongo que Lainey ya le contó lo demás.

—Cameron, trajiste a la nena al hospital, lo que es estupendo. Lo más probable... bueno, casi con seguridad le salvaste la vida.

—¿Nena? —por alguna razón había dado por hecho que era un niño.

—Sí. Es una niña.

Se hace otro silencio, pero esta vez no lo lleno.

Nancy se inclina hacia un lado, apoya un codo en el brazo de la silla y descansa la barbilla en la mano. Tiene las uñas pintadas de negro.

—Si eres el padre, no vas a estar en problemas. Como te dije, trajiste a la nena y lograste que la atendieran enseguida. Pero...

Casi me atraganto.

—¡No! ¡Dios mío! No, no soy el padre.

Ni se me había ocurrido que alguien pudiera pensar eso. Para ser franco, ni siquiera cuando estaba tratando de descubrir quién sería la madre, me había pasado por la cabeza pensar en que también había un padre metido en el asunto. Qué tarado.

—¿Estás seguro? Sería mejor que dijeras la verdad desde ahora.

—¡Dios! Sí, estoy seguro.

¡Caramba!, demasiado seguro, de hecho. Nunca he pasado de segunda base con nadie, pero Nancy no tiene que saber eso.

—¿Así que fue pura coincidencia? ¿Dio la casualidad de que pasaste por ahí en el momento justo?

Asiento mientras maldigo mentalmente a Katie por haberme metido en este lío. Sus palabras hacen eco en mi cabeza. *No se lo cuentes a nadie.* Me pregunto qué sabe ella, qué ha hecho. ¿Habrá estado ahí, en el bosque? ¿Habrá ayudado a alguien a esconder a la niña y después lo organizó todo para que yo la encontrara?

No tiene sentido.

Nancy se mira las manos durante un largo minuto.

—¿Sabes? No quiero que pienses que no te creo. Tengo que hacer estas preguntas.

—Está bien —digo. Sólo quiero salir de aquí—. ¿Va a estar bien la niña?

—Creo que sí. Parece ser una criatura saludable y a término. No creo que haya estado a la intemperie mucho tiempo.

No quiero prolongar la conversación, pero tengo que hacer esta pregunta.

—¿Por qué haría alguien una cosa así? ¿Abandonar de esa manera a un bebé?

Ella suspira.

—Pasa más a menudo de lo que te imaginas. El año pasado una chica dejó al suyo en el baño de la zona de restaurantes del centro comercial.

—Me parece que supe de eso.

—Nunca se descubrió de quién era el bebé. Al menos estaba vivo —dice.

Por primera vez percibo en su voz un destello de emoción, de furia—. A menudo no lo están. A menudo son asesinados o simplemente los esconden y los dejan morir por ahí. Bebés de basurero.

Trago en seco. Si no hubiera accedido a ir al lago…

—Cameron, si tienes alguna idea de quién puede ser la madre, ella necesita con urgencia atención médica.

—¿Quiere decir atención psicológica? ¿Asesoría?

—Sí, claro, pero también física. Cuidados posparto.

Agh. No quiero detalles, así que sólo sacudo la cabeza.

—De verdad que no lo sé.

Lanza un suspiro.

—Lo más probable es que nunca lo sepamos. En estos casos, lo más común es que nunca se identifique a la madre.

—¿No se dará cuenta alguien? Quiero decir, si yo conociera a alguien que está embarazada y que después ya no lo está, creo que lo notaría.

—Eso parece lo más lógico. Pero con frecuencia estas mujeres... o chicas, porque a menudo son muy jóvenes, se las arreglan para ocultar muy bien su embarazo.

Sacudo la cabeza. No quiero discutir con Nancy, pero he visto mujeres embarazadas y en general se ven como si se hubieran tragado una pelota de basquetbol. No me puedo imaginar que alguien pueda ocultarlo.

Me da su tarjeta.

—Perdóname por haberte acribillado a preguntas.

—Es su trabajo, supongo.

Me guardo la tarjeta en un bolsillo.

—Si necesitas hablar, llámame.

—¿Por qué iba a necesitarlo?

Me sonríe, más relajada ahora que aparentemente ha cambiado su opinión sobre mí y que ya no me ve como un potencial Asqueroso Abandona-Bebés sino como un Buen Samaritano.

—Debe haber sido muy traumático encontrar un bebé recién nacido en el bosque.

Me encojo de hombros. Los trabajadores sociales y ese tipo de gente consideran que todo es *traumático*.

—En realidad no —digo—. Sólo, ya sabe, de lo más raro.

—A veces el impacto de las cosas llega más tarde —dice—. Bueno, en cualquier caso, tienes mi número.

Capítulo seis

Cuando lo he repetido todo a la oficial de policía y he contestado de nuevo las mismas preguntas, ya son bien pasadas las siete y todavía no he llamado a casa. La oficial me lleva al lago y le muestro dónde encontré a la pequeña.

Ella se queda ahí parada con las manos en la cadera y las botas plantadas en el sendero, observando el bosque cada vez más oscuro. Aún está lloviendo y el sendero se siente blando y fangoso bajo mis pies.

—¿Y qué estabas haciendo aquí exactamente? Quiero decir que de todos los lugares a los que podrías haber ido en bicicleta, ¿por qué elegiste este? —me pregunta.

Es una pregunta razonable. No es precisamente un sendero para bicicletas; de hecho hay un cartel que dice *Prohibido el paso a bicicletas y caballos*. Y no es el tipo de día que la mayoría de la gente elegiría para pasar el rato en el lago.

—No lo sé —respondo—. Antes nosotros solíamos...

Estoy a punto de decir que solíamos venir cuando éramos niños, pero de repente pienso en Katie e instintivamente decido dejarla al margen.

—¿Nosotros? —me pregunta.

—Eh, yo y algunos compañeros de la escuela. Veníamos a divertirnos aquí

en el verano. Conocí a una chica...
—digo y me encojo de hombros—.
No sé. Tengo buenos recuerdos aquí.

—Mmm. Bueno, es una suerte que hayas venido.

—Supongo que sí —digo. Una gota de sudor corre por mi mejilla y siento un escalofrío—. ¿Podemos irnos? Me estoy helando.

La oficial me da un aventón para buscar mi bici que, por increíble que parezca, sigue ahí.

—Dos milagros en un solo día. De verdad que eres un tipo con suerte —dice.

Supongo que esa es una manera de verlo.

Cuando mamá ve que me deja en casa una patrulla de la Policía, se pone como loca y me exige que le diga qué he hecho *ahora*. Es como si siempre me trajeran policías a casa. Simplemente supone que he hecho algo malo; una suposición que me tiene un poco harto.

—Mamá, ¿podrías escucharme? —le grito, exasperado—. No he hecho nada, ¿okey? No estoy metido en ningún problema.

Se detiene en medio de sus gritos y se hunde en el sofá.

—Perdón, Cameron. Vi tu nota y como no llegaste a casa pensé que habías tenido un accidente. He estado muy nerviosa.

Ahora que ya no me está gritando puedo darme cuenta de lo preocupada que se ve: un poco pálida y con la boca muy apretada. Es una profesional de la angustia, hasta cuando todo está saliendo bien. Si por ella fuera, Katie y yo usaríamos cascos todo el día y nunca saldríamos de la casa.

—Perdón —le digo—. Debí haberte llamado. Mi celular se quedó sin batería.

Ella ignora mi excusa.

—Sí, debiste haberlo hecho. Estaba a punto de llamar al hospital.

—De hecho estaba en el hospital —le digo. Vacilo, pero no hay razón para no decirle lo que pasó y, además, es muy probable que aparezca en el periódico de mañana—. Estaba andando en bici por el lago y encontré un bebé.

Mamá me mira sin comprender.

—¿Qué quieres decir con que encontraste un bebé?

En ese momento aparece Katie por el pasillo. Se queda parada detrás de mamá, con los ojos clavados en mí y el rostro pálido.

—Fui al lago —repito—. Estaba andando en bici. Encontré una bebita. Y la llevé al hospital. Y ahora, si no te molesta, voy a comer algo y a darme una ducha caliente, porque estoy helado y me muero de hambre.

Mamá abre y cierra la boca como si fuera un pez dorado. Estoy a punto de irme a la cocina a buscar sobras, cuando escucho a Katie.

—El bebé... ¿está bien?

La veo a los ojos.

—Sí —le respondo—. Ella va a estar bien.

Después me voy. Sé que mamá tiene como un millón de preguntas, pero no tengo mucho más que decir. Sólo necesito estar solo.

Me llevo un plato de pasta a mi cuarto y la devoro como en treinta segundos. Después me meto a la ducha. Poco a poco subo la temperatura hasta que el agua está tan caliente que poco falta para que me queme vivo. Me quedo de pie, apoyado contra la pared mientras el agua me cae en la espalda. Tengo piel de gallina en todo el cuerpo y estoy temblando. Siempre me cuesta entrar en calor una vez que me ha dado mucho frío, pero creo que es más que eso. Por mucho que odie admitirlo, parece que Nancy tenía razón y estoy un poco alucinado por todo el asunto de haber encontrado un bebé.

Respiro hondo y trato de pensar.

Trato de hacer que todo esto tenga algún *sentido*.

La llamada de Katie, la nena, todas esas preguntas. Lo que más me alucina es la parte de la que no le hablé ni a Nancy ni a la oficial de policía. ¿Qué papel jugó Katie en esto? Me acuerdo de su cara en la sala, cuando me preguntó si el bebé estaba bien, pero no encuentro ninguna pista.

¿Estaría... podía haber estado preguntándome si *su* bebé estaba bien?

No puedo imaginarme a Katie abandonando a un bebé en el bosque.

Lo peor de todo, lo que ni siquiera me puedo permitir pensar, es que si esa nena era de Katie, entonces ella estuvo embarazada nueve meses enteros y lo ocultó todo el tiempo. Pasó por todo eso sin que ninguno de nosotros lo supiéramos. Sin que mamá lo supiera. Sin que yo lo supiera. Lo que significa que la he defraudado de nuevo.

Salgo de la ducha, me seco con la toalla y la envuelvo alrededor de mi cintura. Mi piel está roja como una langosta hervida y el baño está completamente lleno de vapor, pero en algún lugar en mi interior el frío se está acumulando de nuevo, duro y helado como hielo de glaciar.

Capítulo siete

Doy un rodeo por la sala y hago una ronda rápida de veinte preguntas con mamá. Las mismas preguntas más o menos, aunque parece aceptar mi descubrimiento como una coincidencia más fácilmente que la trabajadora social y la oficial de policía. Me refugio en mi cuarto y busco en línea "bebés abandonados". Un minuto despúes, alguien da un golpecito en mi puerta.

—¿Cameron?

Cierro mi *laptop* a toda prisa.

—¿Mamá? —digo. Dios, no más preguntas por favor.

—¿Cameron, cariño?, olvidé decirte que alguien te llamó en la tarde —dice y baja la voz como si fuera un gran secreto—. ¡Una chica!

Me gustaría que no lo hiciera sonar como si fuera la primera vez.

—¿Sí? ¿Quién?

—Audrey, dijo. Qué nombre tan de otra época. ¿Va a tu escuela? Nunca has hablado de ella.

—Tenemos que hacer juntos un proyecto de ciencias sociales. El Sr. McKluskey nos puso en parejas.

Y se lo voy a agradecer toda la vida.

—Oh —dice, un poco decepcionada—. Bueno, dijo que la llamaras si llegabas antes de las diez.

Veo la hora. Las nueve y media.

—Okey. La voy a llamar.

Audrey contesta el teléfono enseguida.

—¿Bueno?

—¿Audrey? Soy yo —digo y me sonrojo. Dudo que haya estado sentada esperando mi llamada—. Cameron, quiero decir. Este... me llamaste en la tarde.

—Sí. Era para vernos para trabajar en nuestro proyecto de la clase de McKluskey.

—Claro.

Audrey tiene un poquito de acento irlandés, a pesar de que ha vivido aquí desde que era niña. Podría escuchar su voz el día entero. Es bastante grave para una chica y muy suave. Siempre que habla en clase, todos se quedan en silencio y escuchan con atención, porque no es una chica que hable mucho.

En el bosque

Si habla es porque tiene algo que decir y en general es algo que no se le ha ocurrido a nadie más. Tiene una manera de ver el mundo que no es precisamente convencional.

Me aclaro la garganta.

—Este... ¿mañana, tal vez? ¿Después de clases?

—Oh, tengo banda.

Toca el violín. Mucha gente piensa que la banda es para los raros, pero no se le ocurriría eso a nadie que la hubiera oído tocar. Además Audrey no es el tipo de chica que se preocupa por lo que piensan los demás. Supongo que ella y Dexter quedan muy bien juntos en ese sentido. Los dos son muy amigables con todo el mundo.

En cuanto a mí, haría lo que fuera por ser ese violín.

—Este... ¿tal vez más tarde entonces? ¿Después de la banda? —sugiero. Probablemente está deseando que le hubiera tocado trabajar con alguien más inteligente. No sé si debería invitarla a venir aquí. La imagen de Audrey en mi habitación es de lo más rara, pero no voy a trabajar en la mesa de la cocina, con mamá ofreciéndonos queso y galletas y escuchando cada palabra que decimos.

—Eso estaría bien —dice—. ¿Quieres que nos veamos en la biblioteca o algo así?

No en mi cuarto, entonces. Me pregunto cómo se sentirá Dexter por el hecho de que hayan emparejado a su novia conmigo. McKluskey lo puso con Robert James, un tipo insoportable que siempre está golpeando a todo el mundo en el brazo, riéndose como un desquiciado, *ji jaa, ji jaa*, y resoplando como un caballo.

—Por mí la biblioteca está bien —le digo—. Este... tú dime la hora.

—¿A las cinco?

—Claro —contesto. No hay nada más de lo que tengamos que hablar, pero la idea de colgar me deprime. No tengo ganas de estar solo con mis pensamientos—. ¿Quieres ir a comer algo conmigo antes de que empecemos a trabajar? —le pregunto muy rápido—. Podríamos vernos antes en el lugar de sándwiches.

—Ah, claro. Está bien.

Suena sorprendida. Supongo que sólo piensa en esto como un proyecto. No como una oportunidad para estar juntos. *Pues no, Cameron, idiota. ¿Qué esperabas?*

—Bueno, lo que sea —digo enseguida—. Me da igual.

Hay un corto silencio.

—Un sándwich estaría bien —dice Audrey al fin. Su voz es suave, cuidadosa—. ¿Cam? ¿Está todo bien?

Tal vez necesito hablar de eso. O tal vez he encontrado una forma de retenerla en el teléfono por unos pocos minutos más. No lo sé. Lo único que sé es que, por alguna razón, empiezo a soltar lo que pasó.

—Oh, es que tuve una tarde muy rara, Audrey. Fui al lago, ya sabes, ¿más allá de la zona de mesas?

—Ajá.

—Y, este... escuché un llanto. Así que me puse a buscar por todos lados y no pude ver a nadie. Y entonces vi que algo sobresalía de detrás de un árbol. Y encontré... encontré... —me detengo, porque no se me ocurre cómo decirlo sin que suene raro y melodramático.

—Dios mío. No me digas que encontraste un cadáver.

—No —respondo. Me pregunto si me va a creer—. Encontré un bebé, una nena.

—Dios —dice.

—Sí, ya sé. Fue bastante intenso.

—Un bebé.

—Sí.

Hablar del asunto es como vivirlo todo otra vez: ese momento en el que moví la manta y vi esa cabeza diminuta manchada de sangre. Es un video que se repite en mi mente. No, no un video. Una serie de imágenes fijas.

Cuadro congelado. El bosque. Suelo lleno de lodo y hojas caídas. Un destello de azul. Mis manos están resbalosas de sudor y las seco, una primero y otra después, contra mis pantalones de mezclilla.

—Jesús. ¿Qué hiciste? ¿Estaba... estaba viva?

La voz de Audrey es aún más baja y grave de lo normal y su acento parece más fuerte. Dice "Jeisús" en lugar de Jesús.

—Sí.

Le cuento cómo puse a la criatura en mi chaqueta y fui en bici hasta la carretera, cómo pedí un aventón al hospital y después me acribillaron de preguntas la trabajadora social y la oficial de policía. Toda la historia. Bueno, supongo que no toda la historia. No digo nada de Katie.

Capítulo ocho

Cuando Katie y yo éramos niños nos llevábamos muy bien. Supongo que es así con la mayoría de los mellizos. A veces nos peleábamos por cosas estúpidas: a quién le había tocado la porción más grande de helado, quién tenía más espacio en el asiento posterior del auto, a quién le tocaba usar la computadora. Ella en general ganaba. Katie siempre ha sido una chica grande, alta, de hombros anchos y huesos grandes, mientras que yo siempre he sido más bien flacucho. Pero la mayor parte del tiempo éramos los mejores amigos. Aun después de que los niños y las niñas empezaran a jugar en grupos separados y de que nosotros dejáramos de jugar juntos en la escuela, seguíamos haciéndolo en casa. Ella venía a mi cuarto en secreto cuando mamá ya estaba en la cama y jugábamos Monopolio y comíamos cosas ricas que habíamos robado de la alacena.

No sé cuándo exactamente cambió todo, pero sé por qué. Simplemente me harté de que Katie fuera siempre tan perfecta. Me harté de las medallas de natación que llenaban la caja de vidrio que había comprado mamá, de que Katie llegara con reportes de la escuela llenos de las mejores notas mientras yo luchaba para que mi promedio no bajara de C. Sobre todo me harté de que mamá no parara de hablar de lo orgullosa que estaba de Katie. *Katie es tan inteligente*, le decía a todo el mundo. Siempre sentí como que había una segunda frase que no decía: *Qué lástima que Cameron se parezca tanto a su papá.*

No culpo a Katie por ser la favorita de mamá ni por ser tan lista. Sólo dejé de tener ganas de pasar el tiempo con ella.

Es difícil estar con alguien que nunca hace nada mal.

Después de hablar con Audrey, me acuesto en el piso de mi cuarto y pienso qué hacer. Sé que debería hablar con Katie. Es obvio que tendría que ir y preguntarle qué está pasando y por qué estaba tan desesperada por que fuera al lago. Podría preguntarle directamente si sabía de la nena y de quién es. No sé por qué lo estoy posponiendo.

O tal vez sí lo sé.

Mientras no hable con ella, puedo hacer como que todo esto no tiene nada que ver con Katie. Como si el hecho de haber encontrado a la pequeña fuera una loca casualidad. Una coincidencia.

El asunto es que, aunque estoy tratando de no pensar en eso, me acuerdo de muchas cosas que pasaron en los últimos meses. Cosas que no significaron mucho para mí en el momento, pero que ahora, post bebé, están tomando un significado de lo más feo.

Como por ejemplo que Katie dejara el equipo de natación hace cuatro meses. El equipo de natación era su vida.

Como el hecho de que se haya pasado el invierno entero con sudaderas enormes y que se quedara tanto tiempo sola en su cuarto, sin salir con sus amigas tan a menudo como antes, haciendo como que necesitaba estudiar. ¿Desde cuándo necesita estudiar Katie?

Y mamá, que no suele criticar a Katie, sugiriendo que si no iba a nadar tal vez podría inscribirse en un gimnasio. *Parece que has subido unas pocas libras, cariño.*

Claro que un bebé es más que sólo unas pocas libras, ¿verdad? Pero de todas formas...

Tengo que hablar con ella. Arrastro los pies por el pasillo y toco con suavidad a su puerta.

—¿Sí?

—Soy yo.

Abro la puerta y entro. Katie está sentada en su cama con su pijama de franela, cubierta con las mantas y con un libro en el regazo. Tiene el cabello oscuro en una cola de caballo y sus ojos marrones se posan con calma en los míos. Se ve como siempre y, por un segundo, siento una ola de alivio. No es posible que haya tenido un bebé. No es posible que haya ocultado un embarazo entero de nueve meses.

—¿Qué pasa? —pregunta, como si nada.

—Eso es lo que quería preguntarte —le digo—. ¿Qué fue eso de mandarme al lago? ¿Qué fue eso de que me encontrara ahí un condenado bebé?

Frunce el ceño.

—¿De qué estás hablando?

Dios mío.

—Este... ¿de la nena, te acuerdas? ¿La que encontré en el bosque?

—Sí. Eso de verdad que fue una suerte.

—No fue suerte, Katie. Tú me dijiste que fuera, ¿te acuerdas? *Hazlo por mí, Cameron. Sólo esto y nada más* —le digo imitando su voz—. ¿Qué fue todo eso?

Me mira inexpresivamente durante unos cuantos segundos. Entonces extiende la mano hasta su mesita y apaga la luz. Oigo su voz en la oscuridad.

—No sé de qué me estás hablando. Y si no te molesta, tengo que dormir.

—Katie —le digo, exasperado.

No me contesta. Me quedo de pie en la oscuridad por un minuto. Finalmente me doy la vuelta y salgo de su cuarto.

¿Qué demonios? ¿Se habrá vuelto loca o seré yo el que está enloqueciendo?

Capítulo nueve

Al día siguiente salgo muy temprano para la escuela, sobre todo porque no quiero ver a Katie. Primero doy un largo paseo en bici, con la esperanza de que el ritmo de pedalear y el sonido del viento me calmen un poco, tal vez que incluso me ayuden a entender esto. Pero no es así. Los pensamientos me dan vueltas y vueltas en la cabeza y no sé qué hacer.

Quiero decir, si tengo razón (si la nena de verdad es de Katie), nadie va a estar muy contento de que me ponga a desenterrar la verdad. Probablemente sería mejor que me olvidara del asunto.

El problema es que encontrar un recién nacido en el bosque no es algo que uno simplemente pueda olvidar.

Audrey me ve en el pasillo antes de que suene la primera campana.

—¡Cameron! —dice y me agarra del brazo—. ¿Viste el periódico esta mañana?

Sacudo la cabeza.

—¿Qué dice? ¿Hay algún artículo sobre la niña?

—Sí —dice, vacilante.

Miro a nuestro alrededor y por el pasillo. No parece que nadie me esté viendo.

—No pone mi nombre, ¿verdad? No hablé con ningún reportero ni nada parecido.

—No. Sólo menciona a un chico adolescente en un paseo en bici.

—Bueno, muy bien —le digo. Parece como si Audrey me mirara de una forma rara—. ¿Qué pasa? ¿Tengo grasa de bicicleta en la cara o algo así?

—No —dice y suelta una risita.

¿Has visto que a veces en los libros describen una risa como "musical"? Nunca supe lo que eso significaba hasta que conocí a Audrey. Su risa me mata.

—¿Qué pasa entonces? —le pregunto de nuevo.

—Este… es sólo que, ¿en el artículo? Dice que fuiste a ese lugar, al lago, porque en el verano conociste ahí a una chica.

Las orejas, el cuello y las mejillas se me ponen rojas en un instante.

—Ah, ¿dicen eso en el diario?

—Sí. Citan a la oficial de policía. Dicen que fue un milagro que la niña fuera encontrada viva.

—Ah —digo otra vez.

Hay un largo silencio. Audrey lanza un suspiro al fin.

—Me estaba preguntando... esto va a sonar súper egocéntrico... pero me preguntaba si...

—Sí, estaba hablando de ti —le digo. Ella parece muy incómoda. No quiero que me empiece a decir que tiene novio y todo eso, como si yo no lo supiera—. Mira, en realidad no es nada. Tenía que decirle algo a la Policía y eso fue lo primero que se me ocurrió.

—Ah. ¿Entonces quieres decir que no era verdad? ¿No fue por eso que estabas ahí?

—En realidad no —respondo.

Desvía los ojos y se queda mirando el suelo por un minuto. Me pregunto qué siente. ¿Estará confundida, avergonzada, decepcionada, aliviada?

—Entonces, ¿por qué fuiste al lago? —me pregunta.

Mi corazón comienza a latir a toda velocidad. Quiero hablar de esto con alguien. No. Necesito hablar de esto con alguien.

—Lo que pasa es que... es probable que sepa de quién es la niña.

Abre muy grandes los ojos.

—Prométeme que no se lo vas a decir a nadie —le digo.

—No lo haré.

—Quiero decir que lo prometas en serio. Porque esto de verdad que podría...

—Cam, juro que no le voy a decir ni una palabra a nadie.

Y entonces se lo cuento todo. La campana suena a la mitad de la historia, pero ninguno de los dos se mueve. Cuando he terminado, ella hace un ruidito como de zumbido y reflexiona en silencio por un instante.

Lanzo una risa forzada.

—Sí, perdón. Debes pensar que estoy loco, ¿eh? Quiero decir, suena loquísimo. Nadie podría esconder un embarazo, no de la gente que ve todos los días.

—No. Me alegra que me lo hayas contado, Cam. Y hay gente que sí oculta embarazos. ¿Te acuerdas de aquella historia del año pasado, sobre la chica que tuvo un bebé en el centro comercial? ¿La que lo dejó en el baño? Salió en todos los diarios.

Asiento. El año que viene la gente va a hablar de la chica que dejó a su bebé en el bosque y sólo yo voy a saber quién era la madre.

Audrey inclina la cabeza a un lado y frunce el ceño.

—En cualquier caso, ¿por qué iba a fingir Katie que no te dijo que fueras allá si no tenía nada que ver con el asunto?

—Ajá.

—Ajá —dice, me sonríe y sacude la cabeza—. Y entonces, ¿qué vas a hacer ahora?

—¿Hacer? —le pregunto.

—Sobre la nena.

—¿Sobre la nena?

Sueno como un imbécil. Un eco. Un loro. Me estoy sintiendo muy raro. Creo que no debería estar cerca de Audrey mientras me encuentro en este estado mental.

—Ajá. ¿Vas a visitarla? ¿Vas a ir a ver cómo está?

No se me había ocurrido.

—Mmm, ¿crees que puedo ir? No es como si yo fuera un pariente o algo así.

—Pero claro que lo eres —dice—. Si tienes razón, si la nena es de Katie, es tu sobrina. Es la nieta de tu mamá.

Eso tampoco se me había ocurrido.

—Yo iría contigo —dice Audrey—. Ya sabes, si quieres compañía.

Quiero su compañía, sin duda. Si la quiero lo suficiente como para regresar al hospital es otra cuestión.

—No sé. Supongo que podría llamar a la trabajadora social y averiguar si podemos —le digo—. Pero no quisiera dar pie a más sospechas.

—Creo que es normal que la persona que encontró a la nena tenga curiosidad.

Asiento.

—Tal vez —digo—. Quiero decir, me gustaría al menos saber si está bien.

—Llámala, entonces —dice. Parece como si estuviera por decir algo más, pero entonces sacude la cabeza.

—¿Qué?

—Lo que le dijiste a la oficial… sobre que habías conocido ahí a una chica.

—¿Sí?

—Si de verdad eso significó algo para ti… nuestra conversación en el lago… ¿por qué nunca me llamaste? —pregunta e inclina la cabeza a un lado—.

¿Por qué ni siquiera me dirigiste la palabra cuando nos vimos en la escuela en septiembre?

—No hice eso.

Se encoge de hombros.

—A mí me pareció que sí.

Nunca se me pasó por la cabeza que quisiera que la llamara. Si la había evitado, había sido sólo en defensa propia. No me gusta mucho el rechazo.

—Tú también podrías haberme llamado —le digo—. Como sea, empezaste a salir con Dexter.

—Lo que sea —dice—. Supongo que es mejor que vayamos a clase.

—Ajá —digo y la veo alejarse—. ¡Oye! —le grito—, ¿nos vamos a ver después de clases?

Audrey gira sobre un pie y me sonríe.

—Sí, Cameron. Porque yo creo en darle a la gente una segunda oportunidad.

Me paso la mañana entera pensando en qué habrá querido decir exactamente.

Capítulo diez

Estoy saliendo a la hora del almuerzo cuando veo a Katie. Está parada junto a la escalera con Nikki y Luba y me hace un despreocupado saludo con la mano. En un día normal yo le habría respondido igual y habría pasado de largo, pero hoy me detengo y me acerco a ellas. Igual que anoche, me impacta lo normal que se ve Katie. Viste un pantalón de mezclilla y una chaqueta de color rojo brillante y se ríe de algo que dijo una de sus amigas. Siento una ola de alivio. No fue Katie. Dios, mi cerebro es como un maldito yo-yo. Fue Katie, no fue Katie. Miro a Nikki y a Luba y me pregunto si habrá alguna posibilidad de que Katie haya estado encubriendo a alguna de las dos.

—¿Cómo va todo? —pregunto.

Katie mira a sus amigas y después a mí.

—Bien.

Nikki me sonríe.

—¿Qué tal, Cameron? ¿Cómo estuvo tu fin de semana? —me pregunta.

—Oh, ¿no te lo dijo Katie?

Si Katie no tuviera nada que ver con la nena, sin duda se habría puesto a chismear sobre eso con sus amigas.

—¿Decirnos qué?

Luba se acomoda sus cortos rizos rojos detrás de las orejas y mete las manos en los bolsillos de su abrigo.

Hablo lentamente, tratando de mirar las tres caras para detectar cualquier destello de emoción. Busco una huella de miedo o culpabilidad.

—¿No les dijo Katie lo que encontré?

El rostro de Katie está blanco como la cera. Hasta sus labios están pálidos. Hace un mínimo movimiento con la cabeza. Una súplica.

Una confesión.

La agarro del brazo.

—Tenemos que hablar.

—Diablos, Cameron, ¿qué te pasa? —dice Luba, molesta.

No contesto. Tiro de Katie y la alejo de sus amigas.

—Si no quieres que diga nada, ven conmigo —le digo—. Ahora sí... Quiero saber qué está pasando.

Katie me sigue hasta un lado del edificio y se apoya contra la pared de ladrillo.

—Perdón, Cameron.

—¿Perdón? Dios mío, Katie. Sólo dímelo de una vez, ¿okey?

—Ya lo sabes.

—¿Fue...? ¿Estás encubriendo a alguien o...?

Sacude la cabeza.

—No hay nadie más.

Hay un largo silencio. Puedo ver a la gente de siempre dando vueltas por ahí, pero siento como si estuvieran muy lejos. Hasta el sonido de sus conversaciones parece amortiguado de repente. Es como si hubiera un domo de vidrio grueso sobre nosotros dos y todos los demás estuvieran afuera. Me pregunto si siempre sentiré lo mismo, mientras tengamos este secreto.

—No se lo puedes contar a nadie —dice Katie.

Todavía no puedo creerlo por completo.

—Era tuya —digo sin rodeos—. Tú... tuviste a esa bebita.

En el bosque

Ella no deja de mirar el suelo y no contesta.

Lo sé, pero tengo que escucharlo de su boca.

—Katie, tengo razón, ¿verdad?

Ella no voltea a mirarme, pero asiente con un ligero movimiento.

—¿Cómo? —le pregunto—. Quiero decir, ¿cómo pudiste hacer eso? ¿Dejarla ahí?

No puedo entender que haya escogido el bosque y ese lugar junto al lago. No después de todos esos paseos con Brian el pervertido. Pero, pensándolo de nuevo, de una forma muy retorcida, tal vez tenga sentido. Tal vez, para Katie, el bosque es el lugar de los secretos terribles.

Empieza a llorar suavemente y unas lágrimas silenciosas caen por sus mejillas.

—¿Cómo pudiste ocultar que estabas, ya sabes... embarazada?

—No fue tan difícil —susurra—. Ni siquiera supe que lo estaba sino hasta el final.

Eso no tiene ningún sentido. Quiero decir, ¡no tienes la regla durante nueve meses y tu estómago se pone enorme y hay un bebé pateándote desde dentro! ¡Por favor! Y no es como si Katie fuera una chica boba que no tiene idea de cómo nacen los bebés.

Después de la inmensa mentira de un embarazo secreto y un bebé abandonado, esta mentira no debería ser la gran cosa, pero por alguna razón me está carcomiendo. No dejo de ver la imagen de esa niña diminuta sola, en el suelo del bosque. Tal vez debería ser más comprensivo, pero lo que siento es furia. Quiero agarrar a Katie y sacudirla, darle una cachetada, hacer que despierte y que se dé cuenta de lo que ha hecho.

—Estás enferma —le digo—. La niña pudo haber muerto.

En el bosque

—Sabía que ibas a encontrarla.

Otra ola de furia, esta vez tan intensa que apenas puedo hablar.

—¿Y si yo no hubiera estado en casa? ¿Y si te hubiera dicho que no? ¿Tenías al menos un plan B?

Sólo sacude la cabeza. Su expresión es terca y cerrada.

La miro fijamente. Es como si de repente se hubiera convertido en una completa extraña.

—¿Y ahora qué? —le digo—. ¿De vuelta a la vida normal? ¿A hacer como si nada de esto hubiera pasado? ¿Ese era el plan?

—No había ningún plan —susurra—. No planeé nada de esto.

—¿Quién…? Quiero decir, no tenías novio ni nada. Así que…

—Un tipo cualquiera —dice—. No importa.

Mi corazón se salta un latido y de repente veo en mi cabeza una imagen de Brian el pervertido. Si algo más le hubiera pasado a Katie, eso podría explicar que hiciera algo tan desquiciado.

—¿Fue una violación? —susurro—. ¿Fue eso lo que pasó?

Sacude la cabeza.

—No. Un tipo cualquiera en una fiesta. Sólo quería sacarme de encima todo ese rollo de la virginidad, ¿sabes? No fue importante.

No estoy seguro de si eso me hace sentir mejor o no. No es que quisiera que algo malo le hubiera pasado a Katie, pero sí que tuviera una excusa; algo que hiciera que esto fuera menos terrible, menos su culpa. Como están las cosas, está a un viaje en bici de ser una asesina.

—Bueno, tal vez no habría sido importante si se te hubiera ocurrido usar algún método anticonceptivo —le digo con una voz que suena helada y punzante—. Como están las cosas, sin embargo, yo diría que el maldito asunto terminó siendo bastante importante.

—Me odias —dice—. Piensas que soy... una persona terrible, ¿verdad?

Me encojo de hombros. No hay nada que pueda decir, porque en realidad tiene razón. Eso es en resumen lo que estaba pensando.

—No pude decírselo a mamá —agrega—. Simplemente no pude.

—Mamá es buena. Quiero decir, no digo que hubiera estado encantada por tu embarazo, pero habría enfrentado el problema. No te habría corrido de la casa ni nada parecido.

Katie sacude la cabeza.

—Tú no entiendes.

—Tienes razón —le digo—. De verdad que no entiendo.

Y entonces Katie simplemente se va. Sale del patio y camina por la calle. Pienso en correr detrás de ella, pero no lo hago. Sólo la veo irse.

Capítulo once

Después de clases, Audrey se me acerca cuando estoy frente a mi casillero.

—Decidí faltar a la banda.

—Ah, está bien. Entonces... —digo y veo que Dexter camina por el pasillo hacia nosotros—. Este... creo que tu novio te está buscando.

Audrey se da la vuelta y extiende los brazos. Dexter la abraza y la levanta del suelo como si no pesara nada, y Audrey inclina la cabeza sobre su hombro y le susurra algo al oído. Él asiente con la cara seria y yo experimento un golpe de ansiedad. Por primera vez se me ocurre que debo ser una especie de cómplice de un crimen o algo así. Me pregunto qué tan grave sería para mí si este secreto se supiera. Nada comparado con lo que sería para Katie, supongo.

Dexter baja a Audrey junto a mí.

—Bueno... Llámame más tarde —le dice y me sonríe—. Suertudo. ¿Sabes con quién tengo que hacer yo mi proyecto de sociales?

Asiento.

—Sí. Con Robert James. Ji ja, gronch —digo y le doy un golpe en el brazo al estilo Robert—. Lamento tu mala suerte.

Él se ríe.

—Es un bobo, pero no es malo, ¿sabes? Quiero decir, es fastidioso, pero no es un mal tipo.

Dexter es demasiado bueno para ser real.

Pero claro, eso es lo mismo que pensaba de Katie: la Srta. Perfecta.

Audrey también trae su bici, así que vamos juntos hasta la biblioteca del centro y encadenamos nuestras bicicletas a los tubos junto a la entrada. No quiero hacerla enojar, pero no puedo olvidarme de cómo le susurró algo a Dexter. Audrey no se ocupa de chismorreos, pero seamos francos, hasta un santo se sentiría tentado a contar esta historia. Muevo con torpeza mi candado, golpeo la cadena con los nudillos y me ensucio de grasa. Maldigo en voz baja.

—Audrey... sé que prometiste que no le dirías ni una palabra a nadie, pero...

—Incluyendo a Dexter —dice.

Me leyó la mente. Le sonrío.

—Okey, okey.

—Pero, Cam... —dice. Arruga la frente y se juntan un poco sus cejas claras—. Tenemos que hablar.

—¿De qué?

—De esa nena...

—Ajá.

—¿Hablaste con Katie? ¿Estás seguro de que es suya?

Dudo por un momento y entonces asiento.

—Lo admitió.

—Mierda.

Creo que Audrey en general no dice groserías. La palabra hasta suena rara viniendo de su boca.

—Ya sé —digo—. La verdad es que no pensé que lo hiciera. Quiero decir, medio como que tenía esperanzas de que me dijera que había sido una coincidencia. O, en el peor de los casos, que era la bebita de una amiga y que la había ayudado a esconderla.

—Pues bien. Ahora ya lo sabes. ¿Qué vas a hacer?

Me encojo de hombros.

—Bueno, ¿qué puedo hacer? Quiero decir, la nena está bien. No quiero meter a Katie en problemas. Supongo que lo mejor es no hacer nada, ¿sabes? Simplemente... simplemente dejar que pase la tormenta.

Audrey tira de su chaqueta y se abriga mejor.

—No puedes hacer eso.

—Sólo mírame —le digo—. Como sea, ¿no tenemos trabajo? ¿O necesitas comer algo antes?

—No tengo hambre —dice.

Empujo la pesada puerta y entramos a la biblioteca. Hay algunas mesas en el segundo piso donde se puede trabajar muy bien. Nunca hay nadie.

Me siento, pongo mi mochila sobre la mesa y empiezo a sacar papeles de la clase de ciencias sociales.

—Entonces...

Audrey se sienta frente a mí, pero parece distraída. No saca sus notas. Sólo se queda sentada, mordiéndose el labio inferior y mirándome fijamente.

—¿Qué? —le pregunto al fin—. ¿Sigues pensando en Katie?

—Es sólo que... bueno, ¿no crees que la nena tiene el derecho de saber quién es su madre?

Le devuelvo la mirada.

—La nena tiene como... un día de nacida. No le importa quién es su madre.

Audrey lanza un exasperado suspiro.

—Va a crecer, Cam. Y le va a importar.

—Eso no lo sabes.

—Créeme —dice en voz baja—. Lo sé.

Siento como si se me estuviera escapando algo, pero no tengo idea de qué habla. No dejo de ver en mi cabeza la imagen de esa niña diminuta. Me imagino que es mejor para ella no saber que su madre la abandonó en el bosque cuando acababa de nacer.

—Supongo que van a adoptarla —digo—. Quiero decir, es lo mejor, ¿no? Alguien que quiere un bebé lo consigue y Katie no tiene que quedar expuesta y ser juzgada.

Audrey se queda en silencio unos cuantos segundos. Tiene las manos extendidas sobre la mesa: uñas cortas, sin esmalte, dedos largos y delgados. Sus manos están mucho más bronceadas que su cara y usa un anillo plateado.

—¿Te lo dio Dexter? —le pregunto.

Audrey me mira.

—¿Qué cosa?

—Tu anillo. ¿Te lo regaló Dexter?

—No —dice. Toca el anillo con la otra mano y lo hace dar vueltas—. Mi madre. Es el anillo de compromiso de su madre.

—Es bonito —digo débilmente. Me alegra que no se lo haya dado Dexter. Audrey no parece ser de esas chicas a las que les gusta anunciar que le pertenecen a alguien.

—Mi madre adoptiva —dice Audrey.

Sus palabras se quedan flotando en el aire un momento antes de que yo pueda hacer la conexión.

—¿Eres adoptada?

Asiente.

Rehago nuestra conversación en la cabeza, atando cabos.

—¿A eso te referías cuando dijiste que sabías que la niña querrá saber quién es su madre?

Asiente de nuevo.

—Bueno, mi mamá y mi papá son maravillosos. Son mis padres en todos los sentidos y eso es algo que jamás cambiaría. Pero hay una pieza que falta, ¿sabes? Una pregunta.

—¿Has tratado, ya sabes, de encontrar a tus...? —Trato de encontrar las palabras correctas, pero Audrey me interrumpe.

—¿A mis padres biológicos? No. Pero es muy probable que lo haga. Mamá dice que me ayudará.

—Ah. ¿Pero qué pasaría si… quiero decir, si tu madre, quiero decir tu madre biológica, hubiera hecho algo como esto… si te hubiera abandonado en alguna parte…? No querrías conocerla, ¿o sí?

—Sí.

—¿En serio? Caramba —digo. Me acuerdo otra vez de la nena, de lo indefensa que estaba, envuelta en las mantas en el suelo, gimoteando—. Yo estaría demasiado furioso para eso.

Ella se encoge de hombros.

—Bueno, no estoy diciendo que quiera ser amiga de mi madre biológica, no necesariamente. Pero aun si ella no quisiera conocerme, necesito saber más de ella. Digo, soy su hija, al menos en el sentido biológico. Tengo derecho de saber quién es, qué aspecto tiene y por qué me dio en adopción. Y pienso que la nena que encontraste… bueno, pienso simplemente que también tiene ese derecho.

Los ojos de Audrey están brillando con demasiada fuerza, pero no digo nada. Porque aunque ella tuviera razón, no sé qué podría hacer yo.

Capítulo doce

A las seis de la tarde ya hemos terminado un borrador para nuestra presentación, pero Audrey está bastante apagada. Supongo que sigue pensando en la niña.

—Bueno —digo y guardo mi carpeta y algunos papeles con notas en mi mochila.

—¿Bueno?

—Supongo que te veré en la escuela mañana —le digo. Contengo la respiración un momento—. A menos que quieras ir a comer un sándwich o alguna otra cosa.

—Ya debería irme a casa —dice.

—Estás enojada conmigo, ¿verdad?

Puede ser que no saque las mejores calificaciones, pero cuando se trata de saber lo que piensan los demás, no soy un completo idiota.

—Enojada no, no exactamente. Es sólo que pienso... bueno. Creo que me cuesta mucho trabajo creer que de verdad no vayas a hacer nada.

La miro.

—Audrey, vamos. ¿Qué puedo hacer? ¿Llamar a la Policía?, ¿delatar a Katie? —le digo y sacudo la cabeza—. Ya tiene suficientes problemas sin que presenten cargos en su contra.

—Tal vez eso no pasaría —dice Audrey—. Quiero decir, te dijo que fueras al lago. Se aseguró de que la niña fuera encontrada.

—Ajá.

Esa es la parte que más me sorprende, para ser franco. Resulta que ocultó todo el embarazo, pasó sola por el parto y entonces, cuando básicamente ya se había salido con la suya, se dejó descubrir para salvar a la niña. No es que sea una especie de heroína… quiero decir, el hecho es que dejó a su bebé en el bosque, pero al menos me da un poco de esperanza de que no sea totalmente… fría. Un desastre, sí, pero no tanto como para dejar que la niña muriera.

—Fue una suerte que encontrara a la nena —digo—. Podría no haberla descubierto. Habría sido fácil no verla. Si hubiera dejado de llorar unos pocos minutos antes…

Me pregunto qué habría hecho Katie si yo hubiera llegado a casa y no hubiera dicho nada. Creo que prefiero no saber nunca la respuesta.

Audrey toma su casco y juguetea con la correa.

—¿Sabes?, creo que no le estás haciendo un favor a tu hermana guardando este secreto —dice y yo arqueo las cejas—. Creo que se lo deberías contar a alguien. A esa trabajadora social, tal vez.

No creo que esté realmente pensando en Katie.

—Tal vez te estás identificando de algún modo con la nena, ¿no? Por el hecho de ser adoptada y todo eso.

—¿Y? —me pregunta.

Sus ojos destellan. Debería advertir las señales de peligro y retroceder, pero no lo hago.

—Pues que tal vez estás poniendo los intereses de la niña por encima de los de Katie.

—Tal vez sea cierto. Entiendo que eres tú el que encontró a la nena y entiendo que Katie es tu hermana, ¿pero piensas de verdad que sabes qué es lo mejor para cualquiera de ellas? Porque si eso crees, te estás engañando.

—Sé que tengo que proteger a Katie.

—¿Protegerla? ¿Crees que la estás protegiendo? —dice Audrey levantando la voz y unas pocas personas voltean a vernos con curiosidad—. Katie está perdida en serio, Cameron.

—Por favor, baja la voz —le digo.

Audrey me lanza una mirada de furia.

—¿Sabes qué? Si guardas su pequeño secreto, ella no va a recibir ninguna ayuda —dice. Se pone la mochila al hombro y se levanta, con el casco colgando de su muñeca—. Estás escogiendo ser parte de algo muy retorcido, Cameron. Así que no finjas que no puedes hacer nada. Estás tomando decisiones ahora mismo. Eres el tío de la nena, ¿entiendes? Si simplemente sigues tu camino, tú también la estás abandonando. Estás tan perdido como Katie.

En el bosque

—Al menos la abandoné en un hospital.

Audrey sólo sacude la cabeza.

—Tengo que irme, Cam. Piénsalo, ¿está bien?

Mamá y Katie están justo sentándose a cenar cuando llego a casa.

—Pollo salteado con verduras —dice mamá—. ¿Tienes hambre?

Me siento frente a Katie y me sirvo un plato entero sin mirarla a los ojos.

—Estoy famélico.

—Ese es mi hijo. ¿Cuándo no tienes hambre?

Me acerca una rebanada de pan.

La miro y fuerzo una sonrisa. Mamá es bastante joven: todavía no tiene cuarenta y parece menor. No tiene canas ni arrugas, excepto unas pocas líneas muy finas alrededor de los ojos. No parece que tenga edad para ser abuela.

Me pregunto qué haría si supiera que lo es. Siempre se pone lela con los bebés. Me pregunto si querría ser parte de la vida de esta niña, aun si Katie no quisiera tener nada que ver con ella.

—¿Estás bien? —me pregunta—. Parece como si estuvieras a muchas millas de distancia.

—Sí, perdón. Sólo estaba pensando en la escuela —contesto—. En una tarea que tengo.

Frunce el ceño.

—Dime que no la has dejado para el último minuto.

—No, no es así —digo, herido.

—Muy bien. Porque hay gente que se puede permitir dejar las cosas para el último momento, pero tú no eres uno de ellos. Katie, por otra parte, siempre trabaja bien bajo presión.

Le echo una mirada a Katie del otro lado de la mesa. Me pregunto si se ha dado cuenta de que mamá lo está haciendo de nuevo. Ella también lo odia; dice que es embarazoso, que la hace sentir como una farsante. Esta noche, sin embargo, ni siquiera parece estar escuchando. Supongo que tiene cosas más importantes en la cabeza. No ha tocado su comida y me doy cuenta de que está terriblemente pálida.

—Perdón —dice Katie. Empuja su silla hacia atrás y se levanta, tratando de mantener el equilibrio con una mano sobre la mesa.

Mamá frunce el ceño.

—¿Estás bien, cariño?

—Sí, sí. Es sólo que… ya sabes.

Hace un gesto hacia el baño y se va por el pasillo.

Mamá espera hasta que se cierra la puerta.

—Cameron, ¿le pasa algo a tu hermana?

Oh, Dios.

—No lo sé. ¿Por qué? ¿Qué pasa?

—Llegó a casa temprano y dijo que no se sentía bien —dice, arrugando la frente con preocupación—. Me pregunto si pasó algo en la escuela.

—No que yo sepa.

Escucho a mamá hablar de Katie por un rato. Katie y el equipo de natación, las opciones de universidad de Katie, si a Katie le iría mejor estudiando leyes o medicina, lo bien que se maneja Katie bajo presión.

Me pregunto cómo reaccionaría mamá si supiera lo que hizo mi hermana cuando estaba *de verdad* bajo presión.

Mamá mira el plato sin tocar de Katie.

—Esto es raro en ella. Espero que no se esté enfermando.

Me levanto.

—Voy a ver cómo está.

Katie está en el baño. Golpeo la puerta con suavidad.

—Sólo soy yo.

—Vete.

Suena como si estuviera llorando.

—¿Estás bien?

Oigo que tira de la cadena.

—Sólo déjame sola, Cameron.

De repente siento un pinchazo de inquietud en la nuca. Pruebo la manija, esperando que esté cerrada, pero la puerta se abre.

—Perdón —digo, avergonzado. Estoy a punto de cerrar la puerta de nuevo, pero entonces veo fugazmente a Katie. No está en el retrete. Está sentada en el borde de la tina, en camiseta y ropa interior. Su pantalón de mezclilla está hecho una bola en el suelo y hay una fina línea de sangre roja y brillante corriendo por el interior de su pierna.

Capítulo trece

Katie toma una toalla y se cubre con ella.

—¿Me permites? —dice con una mirada feroz y desafiante.

Okey, ya sé que estoy invadiendo su privacidad, pero...

—Katie, ¿estás... ya sabes, sangrando?

Es obvio. Hay manchas de sangre en el suelo y en el asiento del retrete, y el diminuto basurero está lleno de toallas sanitarias ensangrentadas.

No dice nada, pero su cara está terriblemente blanca.

—Necesitas ver a un médico —le digo—. Tenemos que ir al hospital.

—No puedo.

—Katie...

Empieza a llorar.

—Cameron, no se lo puedes decir a nadie. Lo prometiste.

¿De verdad? No recuerdo haber prometido nada. Y como sea...

—Esto es serio, Katie. Tienes que ver a un doctor.

—Voy a estar bien.

Eso es lo que yo llamo mentirse a uno mismo.

—No estás bien, Katie. Estás... mírate —digo y siento un bulto enorme en la garganta—. Vamos. Tenemos que ir al hospital. Yo iré contigo. Podemos decirle a mamá que no te sientes bien.

No tenemos que decir nada sobre, ya sabes...

—¿Desde cuándo vamos al hospital porque no nos sentimos bien? Como si ella fuera simplemente a aceptar eso —dice. Se pasa el dorso de la mano por los ojos y se limpia la nariz con la manga—. De todas maneras, los doctores... No quiero que nadie se entere.

Esto me sobrepasa.

—Mira, no voy a dejar que te mueras desangrada.

Mis palabras se quedan en el aire, muy fuertes, muy duras. Ni siquiera lo dije en serio; no creía de verdad que estuviera en peligro de morir, pero ahora que lo he dicho, se siente como una posibilidad real. Como si esto pudiera ser de verdad de vida o muerte.

—Prefiero morir a dejar que todos lo sepan —susurra Katie.

No le creo. No creo que realmente quiera morir. Pero claro, si es capaz de fingir que no está embarazada por nueve meses, tal vez ahora pueda fingir que no está en peligro. Y tal vez esté equivocado y de verdad preferiría morir antes que ser descubierta.

—Quédate aquí —le digo—. Regreso enseguida.

Voy a mi cuarto y marco rápidamente el número de Audrey. Necesito que alguien me haga volver a la realidad. Necesito hablar con alguien que no esté en completa negación. Ring. Ring. Ring. Nadie contesta. Cuelgo, frustrado, y miro el teléfono por un minuto.

—¡Cameron!

Asomo la cabeza al pasillo.

—¿Mamá? Sólo estoy haciendo una llamada.

Puedo oír el ruido de los platos y los vasos que está metiendo al lavavajillas y me imagino que tengo más o menos un minuto antes de que venga a averiguar por qué desaparecimos Katie y yo. Respiro hondo y busco entre la pila de papeles en mi escritorio hasta que encuentro la tarjeta que me dio la trabajadora social. Marco su número a toda prisa.

—Hola, este es el número de Nancy, trabajadora social de la sala de emergencias de...

Mensaje grabado. Cuelgo. Demonios. Demonios. Demonios. Tomo un pantalón deportivo limpio del cuarto de Katie y regreso al baño. El corazón me late con fuerza, me sudan las manos y tengo el estómago hecho un nudo. Golpeo la puerta del baño.

—Vete —dice Katie.

Trato de abrir, pero ha trabado la puerta.

—Katie, déjame entrar.

No hay respuesta.

—Katie, si no me dejas entrar ahora mismo, voy a pedir una

ambulancia— digo. Espero un par de segundos—. Es en serio.

Hay un silencio, una pausa. Entonces se abre la puerta. Katie está más pálida que nunca, sus pecas resaltan como granos de pimienta contra su piel blanca, y tiene la frente y el labio superior cubiertos de sudor.

—No me siento bien —dice.

—Te voy a llevar al hospital.

—¿Y qué con mamá? ¿Qué le vas a decir?

No he pensado en todos los detalles.

—¿Que estás enferma?

Comienza a llorar de nuevo y tengo un vislumbre de cómo se debe sentir: una sensación de que su mundo se está viniendo abajo, de que todas las piezas están cayendo a su alrededor. Siento el pecho muy apretado.

—Katie, todo va a estar bien.

En realidad no lo creo, pero lo digo de todas formas.

La abuela Bess, la mamá de papá, tenía un cuadro bordado en la pared de su casa que decía: *Esto también pasará*. Siempre pensé que era un dicho muy sombrío, pero ahora me viene a la mente; es como decir que si aguantamos todo esto, que si Katie lo soporta todo hasta el final, puede haber vida en alguna parte del otro lado.

—No puedo hacer esto —dice.

—No tienes alternativa.

Se apoya en la pared.

—Vámonos —le digo. Abro la puerta del baño y extiendo la mano para que la tome—. Ahora mismo o de verdad voy a pedir una ambulancia.

Para mi sorpresa, toma mi mano y me sigue de buena gana. Me pregunto si, en algún lugar muy hondo, se siente aliviada de que alguien más tome las decisiones.

En el bosque

—Ahí están —dice mamá. Suena irritada—. ¿Planeabas regresar a comer tu cena, Katie?

—Mamá, Katie está enferma. Voy a llevarla al hospital.

Mamá deja el trapo de cocina en la mesa y su mano vuela a su boca; se presiona el labio inferior con los dedos.

—¿Qué pasa? —pregunta.

Miro a Katie. No dice nada.

—No estoy seguro —respondo. Es una mentira sólo a medias.

—Estoy sangrando —dice Katie. Su voz es un susurro.

Mamá la mira.

—Dios mío. Te ves horrible, Katie —dice.

—¿Puedo usar tu auto? —le pregunto.

Mamá me mira.

—Si Katie de verdad necesita ir al hospital, la llevaré yo. Pero, Katie... ¿no será sólo una mala regla? ¿Por qué no te acuestas un rato? Te llevaré una compresa caliente.

Sacudo la cabeza.

—Mamá, tiene que ir al hospital. En serio. ¿Puedo usar el auto?

Me mira con una expresión extraña en los ojos.

—¿Es una cosa rara de mellizos? ¿Como cuando tenían seis años y te perdiste y Katie supo dónde estabas?

—Algo así —le digo. Ni siquiera me acuerdo de eso, pero si ayuda...

Mamá se encoge de hombros, entre irritada y preocupada.

—Está bien. Pero yo también voy.

Mamá conduce. Nadie habla demasiado en el auto. Por fortuna el hospital no está muy lejos, porque el silencio es bastante incómodo. Además, Katie tiene un aspecto terrible. Va en el asiento trasero y yo me la paso volteando a verla, pero no me mira a los ojos. Mamá parece molesta, como si estuviéramos exagerando, pero yo no voy a ser el que le diga la verdad. Pienso que esa decisión es de Katie.

Cuando llegamos al hospital, Mamá y Katie van a la recepción. Yo me quedo atrás, aprieto las manos en puños y trato de relajar la respiración. No me había dado cuenta de lo asustado que estaba, pero apenas entramos a la sala de emergencias, sentí que el peso de mi miedo comenzaba a levantarse un poco. Es un alivio gigantesco saber que, sin importar el desastre en que esto se convierta, al menos Katie va a ser atendida. Al menos no se morirá sola, desangrada en nuestro baño.

La sala de emergencias está muy silenciosa: un par de ancianos sentados y leyendo revistas, un hombre flaco y con aspecto demacrado que camina sin parar de un lado a otro, una mujer de cabello oscuro cargando a un niño pequeño que no deja de gimotear. La última vez que estuve aquí, tenía a la niña de Katie en brazos.

No puedo creer que eso haya sido anoche.

Capítulo catorce

Después de unos pocos minutos, mamá viene a sentarse conmigo. Katie va al baño. Cuando regresa, toma un viejo ejemplar de la revista *People* y hace como si la leyera.

Mamá cruza las piernas y lanza un suspiro.

—Estoy segura de que esa enfermera pensó que estábamos exagerando.

De verdad. Apuesto a que vamos a estar aquí por horas.

Le echo un disimulado vistazo a Katie. Ella no me mira. No les ha dicho nada. Me relajé demasiado pronto: no va a morir desangrada sola en casa, pero al parecer está dispuesta a morir desangrada aquí mismo, en la sala de emergencias.

—Ahora vengo —digo.

Camino en dirección del baño, pero no me detengo. Paso de largo y sigo hasta la oficina de Nancy. La puerta está cerrada, así que toco y, para mi sorpresa, ella abre.

—Estoy hablando por teléfono. ¿Puedo...? —se interrumpe y sale al pasillo—. Cameron, ¿verdad?

—Sí. Buena memoria.

Ella simplemente se queda esperando con las cejas ligeramente arqueadas, el rostro sereno y serio.

—Mi hermana está en la sala de emergencias —le digo—. ¿Podría... podría asegurarse de que alguien la vea pronto? Está... está sangrando.

—Ahh —dice, asiente, parpadea, asiente de nuevo—. Es mejor que pases —agrega y le dice a quien sea que está en el teléfono que lo llamará más tarde. Después voltea a verme—. Tu hermana... ¿fue su nena la que trajiste aquí?

—Sí. Yo no lo... —empiezo. Iba a explicarle que yo no lo sabía en ese momento, pero ya no importa—. Está sangrando. Mucho. Logré que viniera, pero... bueno, nuestra mamá también está aquí.

Se esfuerza por permanecer inexpresiva.

—Tu mamá no lo sabe.

No suena a una pregunta, pero de todas formas contesto.

—Katie no quiere que se entere.

Nancy sacude la cabeza. Después levanta el teléfono.

—¿Margo? Soy Nancy. ¿Hay ahí una chica adolescente con su madre? Ajá… No, no creo que eso sea todo… Ajá, ya sé… ¿Te acuerdas de la criatura que trajeron anoche? Ajá… No, la madre no lo sabe. ¿Puedes hacer que la vean pronto? Creo que puede estar sufriendo una hemorragia posparto.

Nancy cuelga el teléfono y me mira.

—¿Sabes?, Katie no va a poder guardarse este secreto —me dice.

Eso ya lo había notado.

—¿Y qué va a pasar entonces?

—Lo principal es que tu hermana sea atendida —contesta—. Ya después pensaremos en lo que sigue.

—¿Va a llamar a la Policía?

Sacude la cabeza.

—Eso no me corresponde. La oficina de Servicios Infantiles ya está involucrada, por supuesto; la niña va a ser colocada en una casa de acogida temporal. No necesita estar en el hospital. Puede salir tan pronto como se hagan los arreglos. Sin embargo... —dice y se encoge de hombros—. Bueno, les informaré de tu hermana. Van a querer hablar con ella.

—¿Y ellos van a llamar a la Policía?

—Cameron —dice Nancy y me mira con cara seria—, tal vez tengan que hacerlo. No sé exactamente qué pasará, pero en cualquier caso, tú hiciste lo único que podías hacer.

Espero que tenga razón.

—¿Quieres volver a la sala de emergencias? Es probable que un doctor esté viendo a Katie, pero podrías ir a sentarte con tu mamá...

Contesto que no con la cabeza.

—No quiero ser el que se lo diga y es muy raro, por eso de que ella no lo sabe. Mamá quería que Katie se tomara un Midol y que se acostara a descansar, y yo me estaba poniendo histérico pensando en que podía morir.

—Si quieres, puedes quedarte aquí unos minutos —dice—. Voy a ver cómo van las cosas con tu hermana.

Cuando me quedo solo, saco mi celular y llamo otra vez a Audrey. Esta vez contesta.

—¿Audrey? Soy yo, Cameron.

—Hola, Cameron. ¿Qué tal?

Parece sorprendida de que la llame.

—Estoy en el hospital. Sólo quería...

No sé qué quiero decirle o qué quiero que haga. Ni siquiera estoy seguro de por qué la llamé.

—¿Estás bien? —dice y baja la voz hasta hablar en susurros—. ¿Está bien la nena?

Contengo una chispa de irritación.

—Ella está bien. Es Katie.

—Oh, Dios. ¿Qué pasó?

—Está muy mal, supongo. Mamá también está aquí, pero todavía no sabe nada —contesto. Siento un nudo en la garganta—. Esto va a ser un desastre.

—Oh, caramba. Eso es…

Su voz se apaga.

—¿Estás sola o hay alguien contigo?

—Este… Dexter está aquí. Está jugando un juego en línea. Ya sabes… magos, dragones y ese tipo de cosas. A mí eso no me llama mucho la atención. Yo estaba leyendo.

Dexter está ahí. Pues claro que está con ella. De todas formas no puedo evitar sentirme decepcionado. No sé qué es lo que esperaba… que viniera corriendo al hospital y que de alguna manera, mágicamente, me ayudara a pasar por todo esto. Quiero decir, ya sé que tiene novio. Sé que sólo somos amigos… y eso a duras penas.

—Supongo que mejor te dejo entonces.

—Cameron, ¿necesitas... quieres que vayamos? Dexter tiene aquí su auto... podríamos llegar en diez minutos.

Casi lanzo una carcajada.

—No, gracias. Ya sabes... De verdad que no quiero que nadie más se entere de esto.

Puedo oír que se da un golpe en la frente.

—Obvio. Perdón. Claro que no quieres eso —dice. Hace una breve pausa—. ¿Cam? ¿Quieres que yo vaya? Porque sé que Dex me prestaría su auto, sin hacer preguntas.

De verdad que quiero odiar a ese tipo, pero simplemente no puedo.

—No, está bien. Sólo quería contarte.

—¿Estás seguro?

—Sí, estoy seguro. Te llamo más tarde.

Cuelgo el teléfono, sintiéndome un poco mejor. Está dispuesta a dejar a su novio perfecto para venir a acompañarme a un hospital. No es que piense que eso pueda significar algo más, pero estoy seguro de que al menos quiere decir que somos amigos, que me dio una segunda oportunidad y que todavía no la he arruinado. Y quién sabe. Tal vez se canse de tener un novio perfecto.

Sé lo difícil que puede ser estar todo el tiempo con alguien que siempre es perfecto. Estoy pensando que tal vez la perfección está sobrevalorada y por primera vez me pregunto cómo habrá sido para Katie, obligada siempre a ser perfecta. Me pregunto cómo van a ser las cosas para los dos después de que esto haya pasado. Me pregunto si algún día todo volverá a ser como antes. Me pregunto si querremos que eso pase.

Capítulo quince

Alguien da un golpecito en la puerta y esta se abre lentamente. Me levanto a medias, preguntándome si Nancy habrá visto a Katie.

Nancy entra a la oficina. Mamá viene detrás de ella.

Me hundo otra vez en la silla. Paso los ojos de una a la otra, preguntándome qué habrá pasado, qué se habrán dicho, qué sabrá mamá; preguntándome en qué tantos líos estaré. Entonces un pensamiento horrendo me pasa por la cabeza.

—¿Katie? —digo. Mi voz sale como un graznido—. ¿Está bien?

Nancy asiente enseguida.

—Está recibiendo excelentes cuidados y el doctor dice que va a estar bien.

—Ah, qué bueno. Entonces... —digo, mirando a mamá. Su rostro está pálido y tenso, tiene la nariz y los ojos hinchados y rojos; el rímel que siempre usa está corrido—. Supongo que hablaste con Katie.

Nancy contesta por ella.

—El doctor vio a tu madre y a Katie juntas. Katie le contó a tu mamá de su embarazo.

—Y...

Asiente.

—Y sobre la nena.

Miro a mamá.

—Lo siento —le digo.

—Yo también —dice. Empieza a llorar otra vez—. ¿Cómo es posible que no me haya dado cuenta? Mi propia hija... ¡bajo mi techo! No entiendo nada.

Nancy guía a mamá hasta una silla y mamá se derrumba en ella. Nancy le acerca una caja de pañuelos de papel por encima de la mesa.

—Es un gran golpe —le dice.

Pues sí, obvio.

Mamá me mira.

—Gracias a Dios que encontraste la niña.

—Katie se aseguró de que así fuera —le digo. Mientras pronuncio esas palabras, me doy cuenta de que eso es lo que le voy a decir a cualquiera que pregunte. No hay ninguna necesidad de que nadie sepa jamás lo cerca que estuvo todo de acabar de otra manera. Supongo que ahora eso es todo lo que puedo hacer para proteger a Katie. Espero que sea suficiente.

En el bosque

—No se debe culpar —le dice Nancy a mi mamá—. Esto pasa más a menudo de lo que usted cree.

—Katie dice que ni siquiera sabía que estaba embarazada —me dice mamá.

Asiento.

—Ya sé. A mí también me lo contó. Pero no entiendo cómo puede ser posible.

—Se le llama *disociación* —dice Nancy—. Es probable que a veces lo haya sospechado, pero la idea era tan aterradora, tan inaceptable, que la sacó de golpe de su conciencia —agrega. Abre un cajón de su archivero y busca entre algunos papeles—. Tengo un poco de información sobre eso que tal vez les gustaría leer más tarde, pero el asunto es que básicamente Katie dice la verdad. Es cierto que no sabía.

—Y entonces, cuando se dio cuenta de que estaba... de que estaba entrando en trabajo de parto... —dice mamá, enjugándose los ojos con un pañuelo de papel.

—Entró en pánico —dice Nancy—. Manejó hasta un lugar donde pudiera estar sola y tuvo a la niña...

—Y la dejó en el bosque —dice mamá sin rodeos. Empieza a llorar otra vez.

—Pero me lo dijo —agrego enseguida.

Mamá asiente y aspira con fuerza.

—Gracias a Dios —dice. Me mira a mí y después a Nancy—. Es tan difícil creer esto. Katie nunca había estado en problemas, tiene las mejores calificaciones, es una atleta...

—Ajá, es en resumen perfecta —digo. Trato de no sonar resentido, pero después de todo lo que ha pasado como que ya es un exceso tener que escuchar a mamá enlistando todos los logros de Katie.

—Puedo entender que eso le haya dificultado a Katie admitir ante sí misma que estaba embarazada —dice Nancy—.

¿Saben?, estas chicas a menudo están acostumbradas a obtener excelentes resultados en todo. Son chicas que no quieren defraudar a sus padres, que le tienen miedo al rechazo.

—Eso es ridículo —dice mamá muy rápido. Demasiado rápido—. Yo nunca rechazaría a mis hijos. Nunca.

—Claro que no —dice Nancy—. Pero en un nivel subconsciente, es probable que ella no quisiera defraudarla.

Hay un prologando silencio. No sé qué está pensando mamá, pero lo que ha dicho Nancy me parece muy razonable. Si ya te consideran más o menos un desastre, ¿qué importa un problema más? Pero si tu vida entera está construida alrededor de tu perfección... bueno, entiendo que un embarazo no deseado pueda arruinarlo todo.

Veo la manecilla de los segundos dar vueltas en el gran reloj blanco que tiene Nancy sobre su escritorio y pienso en la niña que está en el centro de todo esto. A pesar de que la cargué y todo, no me parece muy real, no como una persona verdadera, aunque claro que lo es. Pienso en Audrey y en sus preguntas sobre su propia madre biológica. *Una pieza que falta*, dijo. Sé que tiene razón. La niña tiene derecho de saber todo esto algún día. La hija de Katie, mi sobrina, la nieta de mi madre.

—¿Puedo ver a la nena? —le pregunto a Nancy. Por alguna razón, yo mismo estoy a punto de llorar, pero me contengo—. Ya sabe, ¿para ver si está bien?

Parece como si mamá tuviera un sobresalto.

—También yo quisiera verla. ¿Podemos?

Nancy asiente.

—Los llevaré a la unidad neonatal. Vamos.

La bebita es aún más pequeña de como la recordaba. Nancy la carga y yo levanto los brazos, pero se la entrega a mamá.

Mamá la carga con un poco de rigidez, sin acercársela al cuerpo, y mira su pequeña carita. Se ve un poco magullada, como hinchada, con arrugas en torno a los ojos. No es precisamente hermosa.

—Se ve igualita a ti —dice mamá—. Igualita.

Oh. La miro más de cerca.

—Es diminuta.

Nancy se ríe.

—Pesa casi ocho libras. No es para nada diminuta.

Mamá toca la mejilla de la nena con las yemas de los dedos.

—Es tan suave —dice, y de repente sus ojos se llenan otra vez de lágrimas—. Si Katie cambia de idea... si quisiera quedarse con la pequeña...

¿habría alguna posibilidad de que eso pasara?

Nancy se apoya en el borde de una larga mesa.

—La verdad es que no lo sé. Eso lo decidiría un juez —dice y lanza un suspiro—. Si la hubiera abandonado en un hospital o se la hubiera dado a alguien en lugar de dejarla donde lo hizo, la situación sería muy distinta.

—Se aseguró de que yo la encontrara —digo muy rápido—. Usted lo sabe.

Asiente.

—Eso estaría en su favor, sin duda.

Nos quedamos en silencio por un largo rato, todos mirando a la nena. Mamá me la entrega y yo la cargo contra mi pecho y recuerdo cómo fui en la bici con ella dentro de mi chaqueta, escuchando su respiración y suplicando que sobreviviera.

—Buena suerte, bebita —le digo.

Aunque estoy bastante seguro de que Katie no va a cambiar de idea, antes de irme le tomo velozmente una foto con mi teléfono celular. Tal vez ayude a Katie a entender que la niña realmente está bien.

Capítulo dieciséis

Mamá y yo nos sentamos juntos en la sala de emergencias. No hablamos mucho. Cada tanto, mamá sacude la cabeza y dice que todavía no puede creerlo o se pregunta en voz alta qué irá a pasar. En cierto momento se levanta y le deja un mensaje a una amiga que es abogada.

—Me llamará más tarde —dice mamá—. Ella sabrá qué debemos hacer.

Asiento, aliviado. También ella va a hacer todo lo que pueda por proteger a Katie.

—No sabía cómo ibas a reaccionar con esto.

—No sé cómo reaccionar —dice—. Katie... bueno, siempre me he preocupado mucho por ella.

Arqueo las cejas.

—¡Vamos! Siempre ha sido perfecta. Yo soy el que mete la pata.

—No —dice y sacude la cabeza—. Has tenido dificultades en la escuela, pero siempre has sido tú mismo. Katie no tiene esa confianza en sí misma. Siempre ha necesitado ser perfecta —agrega y me mira—. Traté de convencerla de que lo era, pero tal vez esa no fue la mejor forma de manejarlo.

Me retuerzo en mi asiento y veo del otro lado de la sala a un par de chiquillos que se están peleando por un libro ilustrado.

—No sé —le digo—. Yo siempre pensé que de verdad era perfecta.

Mamá se ríe con tristeza.

—Maldito Brian —dice—. Si yo hubiera manejado eso de otra forma, tal vez esto no habría pasado.

Contengo la respiración. Nunca hablamos de Brian.

—Creo que nunca voy a perdonarme —dice—. Por no haberlos protegido a ustedes.

—Yo estoy bien —protesto—. A mí no me pasó nada.

—Pero podría haberte pasado.

—Bueno, pero no fue así.

Levanto la mirada y encuentro la suya por un segundo, pero sus ojos están tan llenos de tristeza que tengo que mirar hacia otro lado.

—Mamá…

—Está bien. Estoy bien —dice y me pone una mano en la rodilla—. Gracias por cuidar a tu hermana, Cameron.

—Mamá —le digo, casi sin saber cómo seguir—. Katie va a tener que vivir con lo que hizo, ¿sabes? Quiero decir, toda su vida. Va a tener que vivir con esto para siempre.

—Lo sé —dice y cierra los ojos por un segundo—. Dios mío, lo sé.

—Entonces... bueno, vas a ayudarla, ¿verdad? Vas a asegurarte de que le den asesoría y todo eso. Y... ya sabes... La vas a ayudar a manejar esto.

—Claro que sí —contesta y me da un apretón en la rodilla—. ¿Cameron? No hay nada que no haría para ayudarlos a ti o a tu hermana. Sólo quisiera que Katie lo hubiera sabido.

Más tarde sale una enfermera y nos dice que Katie ha sido trasladada a otra sala y que quieren que se quede toda la noche.

—Se encuentra bien —nos dice—. Estable. Sólo queremos asegurarnos de que siga así.

—¿Puedo ir a verla? —pregunto. Volteo a ver a mamá—. ¿Yo solo, un minuto nada más?

Ella asiente y me aprieta el hombro.

—Yo esperaré afuera.

Katie se ve pálida, pero por lo demás, no muy mal. Está acostada con la cabeza y los hombros apoyados en tres grandes almohadas.

—Cameron.

—Hola, Katie

Me pregunto si está enojada conmigo, si de alguna manera cree que es mi culpa que esté aquí y que ya lo sepa todo el mundo.

—Mira —le digo—. Perdóname por no haber guardado tu secreto. Estaba tan asustado que, ya sabes…

Me interrumpe.

—Está bien. De alguna manera muy rara es un alivio. Es como si ahora lo peor ya hubiera pasado. Lo he tenido sobre los hombros durante tanto tiempo, esta amenaza... Creo que esto es casi más fácil.

Trago en seco.

—Ajá. De todas formas les dije que tú te aseguraste de que la encontrara —digo.

—Y ella está bien, ¿verdad? ¿La nena?

—Acabo de verla —respondo y saco mi celular—. ¿Quieres ver una foto?

Katie vacila y después sacude la cabeza.

—No lo creo. Como sea, no ahora —dice y se muerde el labio inferior—. ¿Te acuerdas de que dije que no sabía que estaba embarazada?

Asiento.

—Bueno, a veces creo que lo sospechaba. Sólo por un minuto, cada tanto. Pero no me permitía pensar en eso, ¿sabes? —dice y lanza un suspiro—.

Supongo que tú y mamá deben pensar que estoy loca.

Sacudo la cabeza.

—No. Bueno, sí, tal vez un poco.

Sonríe con una mueca diminuta, casi invisible.

—Ajá —dice.

—¿Vas a...?, ¿piensas que tal vez cambies de idea y que quieras ver a la niña?

No sé por qué exactamente, pero quiero que diga que sí.

No lo hace. Sólo me mira por un largo momento sin decir palabra.

—Supongo que no —digo débilmente—. Es sólo que... no sé. Pensé que tal vez querrías, supongo.

Ella se encoge de hombros.

—De todas formas no creo que me dejen.

—Tal vez sí.

—Puede ser —dice. Cierra los ojos—. Creo que tengo que dormir un poco.

En el bosque

—Mamá va a querer verte. Voy a llamarla, ¿está bien?

Ella asiente y salgo del cuarto. Estoy pensando en lo que dijo, acerca de que lo peor ya pasó. Espero que tenga razón. Espero que hable con los consejeros y que comprenda cómo pasó esto y que encuentre una manera de enfrentar lo que vendrá después. Espero que pueda dejar todo esto atrás y volver a ser la Srta. Perfecta. Equipo de natación y becas universitarias y todo eso. No me molestaría.

Voy con mamá y le digo que Katie quiere verla. Después encuentro una silla en el pasillo, me siento y espero.

Es raro pensar que aun si Katie lograra dejar todo esto atrás, en el piso de arriba la vida de otra persona (con todas sus ocho libras de peso) apenas está comenzando.

Más que nada, espero que ella tenga una buena vida. No sé si será posible, pero creo que me gustaría ser parte de ella. No una parte importante, pero al menos poder mandarle una tarjeta de cumpleaños cada año. Sólo me gustaría saber que está bien.

Supongo que, de algún modo, haberla encontrado me hace sentir un poco responsable por ella. Y, como dijo Audrey, es mi sobrina. Sin importar lo que decida Katie al final.